तिन-पहाड़

तिन-पहाड़

कृष्णा सोबती

राजकमल प्रकाशन

ISBN : 978-81-267-0794-2

मूल्य : ₹395

पहला संस्करण : 1968
नौवाँ संस्करण : 2025

प्रकाशक : राजकमल प्रकाशन प्रा.लि.
1-बी, नेताजी सुभाष मार्ग, दरियागंज
नई दिल्ली-110 002

शाखाएँ : अशोक राजपथ, साइंस कॉलेज के सामने, पटना-800 006
पहली मंजिल, दरबारी बिल्डिंग, महात्मा गांधी मार्ग, प्रयागराज-211 001
1, अनमोल सोराबजी संतुक लेन, धोबी तलाव, मरीन लाइंस, मुम्बई-400 002

वेबसाइट : www.rajkamalprakashan.com
ई-मेल : info@rajkamalprakashan.com

मुद्रक : बी.के. ऑफसेट
नवीन शाहदरा, दिल्ली-110 032

TIN-PAHAR
Novel by Krishna Sobti

तिन-पहाड़

साँझ की उदास-उदास बाँहें अँधियारे से आ लिपटीं। मोहभरी अलसाई आँखें झुक-झुक आईं और हरियाली के बिखरे आँचल में पत्थरों के पहाड़ उभर आए। चौंककर तपन ने बाहर झाँका। परछाईं का-सा सूना स्टेशन, दूर जाती रेल की पटरियाँ और सिर डाले पेड़ों के काले उदास साए। पीली पाटी पर काले अक्खर चमके 'तिन-पहाड़', और झटका खा गाड़ी प्लेटफार्म पर आ रुकी।

नीचे उतर पुरानी आँखों से चारों ओर देखा। वही 'तिन-पहाड़', वही एक-दूसरे से लगी पहाड़ियाँ, वही बह-बह आती हवाएँ, हवाओं के भरे-पूरे पर। इंजिन की बेसाँस चीख ने फिर अपनी सीट की ओर लौटा दिया। खिड़की से आँखें बाहर गड़ाईं तो रात का अँधियारा गाड़ी के साथ-साथ भागने लगा—आगे...आगे...और आगे।

तपन...! तपन...! वह तन-मन को छू-छू जाती आवाज़, वह छलछलाता कंठ, वे भर-भर आती आँखें, तारों की पातें गाड़ी के साथ होड़ लेती रहीं। दूरी मापते

गाड़ी के चक्के कोस-पर-कोस फलाँगते रहे और दूर अँधेरे में चमकती लौ का-सा एकाकी मुख बार-बार आँखों में झलक मारता रहा। पहचानने के पल...वे जानने के पल...

गाड़ी सँकरी गलीघाट पर आ रुकी। खोए-खोए मन नीचे उतर सामान उठवाया और किनारे लगे स्टीमर की ओर पग बढ़ा दिए।

डेक के कोलाहल से बेखबर रेलिंग पर झुक पानी के भँवर देखते-देखते मन न जाने कैसा हो आया। गहरे गहन जल में बँधे भाग्य-सा यह स्टीमर और एक संग पार उतरने की बाट जोहते अगणित अपरिचित मुसाफिर। गलबहियों-सी उमड़ती-छलछलाती लहरों-भरा गंगा का पाट ओझल होता गया और दूर किनारों के संग-संग तारों-टँके आकाश का पर्दा झिलमिलाता चला।

वही दिशा, वही राह, वही अँधेरा चीरते स्टीमर की तेज़ रोशनी। पर मणिहारी घाट के प्लेटफार्म पर खड़ी छाया आज वहाँ क्यों नहीं होगी। यहीं खड़े-खड़े उस रात बदली बरसी थी। इसी रेलिंग के सहारे सिहरते मन में बूँदें सरसी थीं। इसी पर झुके मन की व्यथा आज फिर उस रात को लौटा-लौटा लाती है। पर अब कौन लौट-लौट आएगा ? कौन राह चलते मिल जाएगा ? कौन आँखों के आगे बिछुड़ जाएगा ?

दार्जिलिंग के नीले निथरे आकाश से बरसती दूधिया मीठी धूप। चाय की क्यारियों पर हँसती-थिरकती हवा। कब जाना था, फिर कभी मिलना नहीं होगा। उन प्रिय आँखों के आगे झुकना नहीं होगा।

धूप की उमड़ती छाँह में आँखों की गहराइयाँ, माथे पर टिका कुछ कहता-सा सुकुमार हाथ और ढीले बालों

को चूम-चूमकर जाते हवाओं के हल्के आलिंगन। वे बरसते मेंह-सी लहरें—लहरों पर घिर-घिर आते फेन के बादल और तिस्ता के वक्ष पर बँधा लम्बा एकाकी पुल। रेलिंग पर से झुके उस दिन वे दो आँखें निर्मोही पानी के वेग में क्या ढूँढ़ती होंगी, क्या खोजती होंगी ?

गंगा के तीर सुनसान पड़ा मणिहारी घाट स्टीमर के किनारे लगते ही कोलाहल में डूब गया। ढेर-का-ढेर सामान कुलियों के कंधों पर लद गया और उतावली से लोग जैटी की ओर बढ़ चले।

कुली के पीछे आते तपन के भारी कदम सहसा ठिठक गए। लैम्प की मद्धिम रोशनी में उभर आई काले कोट की रात पर उन्हीं दो आँखोंवाले मुखड़े का चाँद चमक आया। लम्बी घनी पलकें, सँवरा-सँवरा रंग और माथे पर गहरी लाल टिकुली। बालों के उलझे जाल पर गंगा की भीगी हवा थिरकती है और हौले से कहती है—जया ! जया !!

चौंककर देखा, सामने कुछ नहीं था। बस, देखने को तो आँखें ही मन को भटकाती थीं।

सामान टिका कुली ने बिस्तर बिछाया और मजूरी ले नीचे उतर गया। डिब्बे के सामने खड़े-खड़े घाट की ओर देखा। दूर पानी के अँधियारे पाट पर सँकरी गली का वह चावभरा स्टीमर बीत गए अतीत का-सा अकेला उदास दीखता था।

इंजिन की चुनौती से चौंक ऊपर पैर रखा। चिटखनी चढ़ा देखा, गाड़ी के अपरिचित साथी बिछौनों में सोने की तैयारी में थे। कपड़े बदल, बत्ती हल्की की और सिरहाने सिर डालते ही बँधा-बँधा मन छलछला आया।

बीत जाने को जब सभी कुछ बीत जाता है तो क्यों दर्दीली स्मृतियाँ मन को बार-बार सिहराती हैं ? बार-बार तरसाती हैं ?

यही गाड़ी उस दिन सिलुगड़ी खींच ले गई थी। यहीं किसी की व्यथा जान लेने की राह बनी थी। इसी में लेटे-लेटे उस रात पहली बार वह बिलखता स्वर सुना था।

बिछौने में सिमटे-सिकुड़े पड़े थे कि किसी की सिसकियों ने आ मन के द्वार पर थाप दी।

मुख उघाड़ चौकन्ने हो देखा। सामने की सीट पर कोई रह-रहकर सिसकियाँ भरता था। सिरहाने पर ढुका सिर विवशता से काँप-काँप जाता था और गाड़ी की खड़खड़ाहट में से बार-बार वही गीला स्वर इन कानों को छुए जाता था। ओढ़ना उतार जाने कैसी-सी घबराहट से उठ बैठे। कुछ पूछ लें, कुछ जान लें कि नीचे पड़े दो मखमली स्लीपरों ने आँखों को वापस लौटा दिया।

फिर भोर बेला अचकचाकर जगे। खिड़की के उठे काँच से तीखी हवा बह-बह आती थी। आकाश में तारे गाड़ी के साथ-साथ कुलाचें भरते थे और दूर लालिमा में नहाई बर्फ़ीली चोटियाँ। एकाएक सब-का-सब ठिठक गया। खिड़की की चौखट पर झुका सिर बहुत छोटा, बहुत अकेला दीखता था। साँस रोके सोचते रहे—कौन मुख होगा ! कौन आँखें होंगी !

कंगनोंवाली बाँहों ने पलटकर रजाई में सिर छिपा लिया तो मन-ही-मन सोचते रह गए—

इस एक ही कम्पार्टमेंट में संग-संग सफर करते कौन कहाँ भटकता है, किन गीली विदाइयों के लिए आँखें भर-भर लाता है, यह कोई दूसरा तो नहीं जान पाता।

खड़...खड़...खड़—गाड़ी विराने में दूरियाँ मापती रही और मुँदी आँखें छूट गई राहों पर भटकती रहीं।

नींद खुली तो काँच में से पतली सुहाती धूप मुँह पर बिछी आती थी। पहाड़ों के चेहरे जाने-पहचाने दीखते थे। उतावली से ब्रश कर कपड़े पहने और आँखें खिड़की से बाहर गड़ा दीं।

आखिरी दौड़ लगा गाड़ी सिलुगड़ी पर आ रुकी। फिर भीड़ मची, कुली बढ़े और खिलौना-सी रेल की लगेज-वॉन से सामान उतर गया।

प्लेटफार्म पर खड़े-खड़े तपन मन-ही-मन पुराने क्षण दोहराते रहे। पुराने पल लौटाते रहे।

धूप में नहाई यही सुबह की वेला थी। छाँह-तले बिछा यही प्लेटफार्म था। साथ लगी नन्ही-सी रेल यही थी। इन्हीं पाँव दो डग भर तपन आगे बढ़े थे कि खिड़की में से रातवाली दो आँखोंवाला मुख झाँक गया। चाह हो आई पास जा कुछ कहें कि अपनी ही झिझक से अपने कम्पार्टमेंट की ओर लौट आए।

दूर-दूर फैले चाय-बागान, ऊँचे गम्भीर चुप्पी के पेड़, उदास-उदास दुकानोंवाले पहाड़ी बाज़ार और गोरे-चिट्टे छोटी आँखोंवाले भोटिया बच्चे—बड़ी चौखटों में जड़े सचमुच के-से चित्रों-से दीखते थे।

तन्दारिया पर नीचे उतर देखा। कुर्सी की टेकन से सिर लगाए वह आँखें मूँदे बैठी थीं। गोद में एक दूसरे से गुँथे हाथ जैसे अपने को ही दिलासा देते थे।

लम्बी चढ़ाई चढ़ गाड़ी करसियोंग आ पहुँची। दूधिया गुम्बदों की छाँह-तले खुला चौड़ा रिफ्रेशमेंट-रूम और प्लेटफार्म को महकाती खाने की गरम महक से

बहुत-से जन एक संग छुरी-काँटों में जा उलझे। खाते-खाते दाईं ओर मुड़कर देखा तो प्लेट पर झुकी फिर वही गम्भीर मुद्रा दीख पड़ी।

बाहर घंटी बजी। व्यस्त हो लोग अपने-अपने डिब्बों की ओर लौट चले। बिल चुका द्वार तक आए। जिज्ञासावश फिर मुड़कर देखा। कॉफ़ी के प्याले को हाथ से घेर वह अब भी वैसे ही बैठी थीं।

टन...टन...टन–घंटी फिर बजी। जल्दी में कुछ ठीक-ठीक निश्चय नहीं कर पाए। बाहर जाते-जाते पलटे और पास आ विस्मय से कहा–

''गाड़ी चली जा रही है। आप क्या जाएँगी नहीं ?''

वह न चौंकीं, न आँखें ऊपर कीं। ठिठकी-सी दृष्टि जैसे क्षण-भर अपने रूठे हाथों को मनाती रहीं। तब उठीं और सिर झुकाए-झुकाए ही बाहर हो गईं।

अम्बर से बादलों की पाँतें फैल-फैल धुँध बनने लगीं। पहाड़ों की चोटियाँ धुँध की ओट होने लगीं। नीचे के गहरे खड्ड धुँध के असीम आँचल में खो गए। ऊपर के पहाड़ झुक धुँधलकी बाँहों में सो गए।

गाड़ी के पहिए बताशिया लूप से नीचे उतरने लगे। दूर-दूर फैले धुँध के फैलाव को मापती गाड़ी धरती पर नहीं मानो आकाश पर जा रुकेगी।

इंजिन अपने अन्तिम पड़ाव पर आ गया तो दार्जिलिंग का प्लेटफार्म बादलों की बनी संगमरमर की लम्बी बालकनी-सा दीख पड़ा।

यात्रियों का समूह लगेज-वॉन के आगे आ जुटा। उड़ती नज़र से देखा, खम्भे के पास भारी कोट में लिपटी वह किसी गहरी सोच में खोई दिखती थी। खड़े-खड़े जाँचते रहे, कोई लिवाने आया हो, पर कुली के संग जब वह अकेली ही बाहर निकल चलीं तो चाहने पर भी कुछ पूछ नहीं पाए। कई क्षण दूर जाते रिक्शा को देखते रहे,

फिर कुली को रुकने के लिए कह रिफ्रेशमेंटी रूम की सीढ़ियाँ चढ़ गए।

ऊपर बैठे-बैठे चाय के प्याले में पूरे दार्जिलिंग का चित्र उतार डाला। गाइड के पन्ने पलट मन-ही-मन कई नाम दोहराए—जलपहाड़, सिंगरापोंग, टाइगर हिल्स-चौरस्ता—कालिंगपोंग...

शाम हुए होटल पहुँचे तो खूब पानी बरस रहा था। कमरे में आ चाय ली। थकन उतारी। रात को खाने के लिए 'डाइनिंग-हॉल' पहुँचे तो असंख्य अनजान चेहरों में से वही राहवाला परिचित मुख पहचानकर ठिठक गए।

प्यार की-सी मीठी अक्तूबर की धूप में कंचनजंगा की चोटियाँ निहाल हो-हो जाती थीं। खुली खिड़की में से हवाएँ रह-रह पर्दा हिलाती थीं और सिरहाने पर सिर डाले तपन सगेपन से पूतूल को याद कर लाते थे।

कलकत्ता की भीड़भाड़ और कोलाहल से दूर इस कमरे के मधुर एकान्त में पूतूल की पा लेने की चाह सिमटकर बाँहों में घिर आई। गुड़िया-सी मोहक हँसी—पूतूल कब मिलेगी, कब इन आँखों के आगे जगेगी, कब इन बाँहों से आ लगेगी।

पिछली सर्दियों माँ से मिलने प्रयाग गए तो माँ कुरेद-कुरेद नौकर-चाकरों के ढंग-जुगत पूछती रही। फिर भाँपकर कि बेटा कुछ और कहलवाना चाहता है, हँसकर बोली—

"तनिक अपनी गुड्डी को सँभल जाने दो, तपू ! डेढ़-दो साल में तुम्हारी गृहस्थी जुटा दूँगी।"

मन हुआ, माँ से कहें, पूतूल को तो मैं सँभाल लूँगा

पर जानकर कि माँ आँखों का संकोच ही नहीं, मन की झुँझलाहट भी पढ़ लेती है, भरसक नाराज़ हो कहा—

''डेढ़-दो साल कहती हो, माँ, मैं पूरे पाँच साल ब्याह नहीं करूँगा।''

''बस...बस...तपू, इतनी नाराज़ी...''

और माँ लाड़ से हँस देती।

होस्टल के द्वार पर साड़ी का छोर सहेजती पूतूल की इकहरी छवि दिख गई। तपन से विदा ले अन्दर जाते-जाते मुड़ी और आँखों में स्नेह भर बोली—

''अगले शनिश्चर आएँगे न ?''

सिर हिला मीठे आग्रह को झेलते तपन यही देखते रह गए—पूतू कितनी बड़ी हो गई...कितनी बड़ी हो गई !

पाँव ज्यों-ज्यों होस्टल से दूर होने लगे, प्यार में उलझा मन उड़-उड़ पूतूल के पास लौटने लगा। अगला शनिश्चर तो छः दिन बाद होगा।

एक...दो...तीन—सहसा कल्पना का ताल थिरक गया। चाय आने की आहट सुन चौंककर उठ बैठे। हाथ बढ़ा चाय का प्याला थामा तो खिड़की में से चाँदी के शिखर देखते-देखते मन का समूचा आँगन मुखर हो आया।

ब्याह कर पूतूल को यहीं लिवा लाएँगे। यहीं लेटे-लेटे एक-दूसरे में डूबी चार आँखें मुस्कराएँगी। इसी खिड़की से झाँकती हिमालय की चोटियाँ हर सुबह टेर-टेर बुलाएँगी।

नहा-धो तैयार हुए। खुले मन नाश्ता ले बाहर निकले तो सामने कंचनजंगा की छोटी-बड़ी बहनेलियाँ सिरों पर रूपे के चौंक-फूल पहने हँस-हँस इतराती थीं।

आसपास फैली दार्जिलिंग की बस्तियाँ हरियाले आँचल पर बिखरी लाल-पीली बिन्दिकियों-सी लगती थीं।

चढ़ाई उतर चौरस्ते पर पहुँचे। रंब-बिरंगी जर्सियों और फ्रॉकों में लिपटे नन्हे बच्चे हवा में झूमते-झामते फूलों-से दीख पड़े। जंगले से लगे देर तक उन्हें निहारते रहे। हरे फ्रॉक पर पीला रिबन बाँधे कोई नन्ही-सी बच्ची छोटे-छोटे पाँव चल बेंच तक जाती थी और लौट चाव-भरी माँ की बाँहों से लिपट जाती थी।

सोचते रहे, यह कैसा मीठा जादू है ! बाँहों से बाँहें मिलती हैं और बाँहें खिलती हैं और इन सलोने हाथ-पाँववाले फूलों को सहलाती चली जाती हैं।

खाने के लिए लौटे तो मीलों चलने पर भी थके नहीं थे। दोपहर की निथरी धूप आगे-पीछे ऊपर-तले बिछी चली आती थी, और तेज़-तेज़ चलने को उकसाती थी।

किसी मीठे गीत के बोल गुनगुनाते अपने कमरे की ओर बढ़े। कोट उतार जर्सी पहनी, बालों में कंघी छुआई और हल्के मन बाहर निकल आए। बरामदे से हो डाइनिंग-हॉल की ओर मुड़े कि हाथ में कोट लिए वह उसी रूठी चाल से उनके सामने से निकल गईं। कुछ क्षण दूर होता साड़ी का मोतिया आँचल निहारते रहे, फिर अनमने मन लंच ले कमरे में लौट आए।

खुली खिड़की से बाहर झाँका। होटल की अनक्सी गुड़िया के सचमुच के-से घर-सी भर-भर धूप में चमकती थी। छाँह किए धूप की रंगीन छतरियाँ रंग-बिरंगी पँखुरियों वाले कमलों-सी दीखती थीं और छोटी-छोटी फूलों की क्यारियाँ गुड़िया के पटोलों-सी इधर-उधर बिखर पड़ी थीं।

मन बाहर के लिए फिर मचल आया। चंचल पाँव राह के कंकर उछालते ओबजर्वेटरी हिल्स की ओर बढ़ गए। दूर सामने पहाड़ की चोटी पर मन्दिर की श्वेत पताकाएँ पहाड़ों के हरियाले सागर में तैरती पालवाली नौकाओं-सी लगती हैं और धूप-सनी हवाएँ रह-रह निमन्त्रण देती हैं—आओ...आओ...!

हवाघर के पास पहुँच ठिठक गए। बेंच पर सिमटा मोतिया आँचल और रुलाई में रह-रह उठता सिसकियों का स्वर।

कई क्षण असमंजस में खड़े-खड़े देखते रहे, फिर पास आ नीचे लटकता शॉल उठाया और काँपते अनुरोध से कहा, "उठिए..."

वह बैठी-बैठी रोती रहीं।

आदर से बाँह छू सहारा दिया और पुचकार के-से स्वर में समझाया—

"इस राह तो बहुत जन आते-जाते हैं..."

और सयानों की तरह कंधे पर हाथ दिए-दिए बाहर लिवा ले आए।

टन...टन...टन...

नौ के गहर-गम्भीर घंटों की टंकार। तपन चौंककर बेंच से उठ बैठे। आकाश के परकोटे-सा चौरस्ता धुँध के चँदोवे से ढँक चला। दोनों ओर लगी बत्तियों की झालर गीली आँखों में अतीत के स्वप्न-सी झिलमिलाने लगी और सिर पर झुकी रात पहाड़ों के मौन में थरथराती रही।

व्यग्र हो मोड़ की ओर बढ़े और जंगले पर हाथ टिकाए देर तक माल की ओर देखते रहे। उसी सामने के किनारे से निकल वह धुँध के इस सागर पर तैर आएँगी। वही मुख...वही बाँहें...वही पानी में चमकते नगों-सी आँखें...

किसी रिक्शा की काली परछाईं घंटियाँ गुँजाती पास से निकल गई तो साँझ की सँजोई मन की प्रतीक्षा ने थककर पट बढ़ा दिए।

वह लौट गई होंगी—अब तक लौट गई होंगी। घड़ी देख होटल की ओर मुड़ चले। वह क्यों रोती हैं—बार-बार

क्यों रोती हैं ?

मोड़ पर पहुँचे तो पीछे से आती किन्हीं पाँवों की आहट तन को अकारण ही झुरझुरा गई। साँस रोके पल-भर को रुके फिर पलटकर देखा और ठगे-से देखते रह गए।

एक हाथ जंगले की तार पर दिए वही इस ओर आ रही थीं।

वह पास आईं। क्षण-भर गहरी नज़र से देखती रहीं, मानो पहले परिचय को स्वीकारती हों, फिर हाथ का रेनकोट उनकी ओर बढ़ा दिया।

ऊपर पहुँच डेस्क से ताली ली। डाक देखी और बिना कुछ कहे अपने कमरे की ओर ओझल हो गईं।

काउंटर पर हाथ रखे तपन कुछ देर खाली आँखों से लटकती तालियाँ देखते रहे, फिर कमरे की ओर हो लिए।

वह खाने को आएँगी, नहीं आएँगी, यही सोचते-सोचते कपड़े बदले और डाइनिंग-हॉल की ओर बढ़ चले।

दूर कोनेवाली मेज़ पर निश्चल आकार-सी वह शॉल में लिपटी बैठी हैं। मन में संशय को पाँवों से ठेल पास आए। पल-भर प्रतीक्षा में खड़े रहे—बैठने को कहेंगी, फिर हारकर स्वयं ही कुर्सी खींच ली।

वह कुछ बोलीं नहीं—तनिक-सा देख आईं और बस।

बालों के बीच खिंची भाग्य-सी सीधी माँग, कानों पर छितरे घूँघर में से चमकती हीरकणियाँ और गले से लगी नेह-सी गुँथी माला। जितनी बार निहारते, खाने में उलझे हाथ अटक-अटक जाते।

वह उठीं। तपन उठे। बरामदा पार कर कमरे की ओर मुड़ीं तो ऐसे देख आईं, जैसे उन्हें संग आने की

अनुमति देती हों !

तपन ने आगे बढ़ द्वार खोला। पर्दा उठा राह बना दी। वह अन्दर आईं और सोफ़े के पास ही अटक गईं कि अपना नहीं, किसी और का कमरा हो और बैठने के लिए वह किसी के आग्रह की बाट जोहती हों। सोफे की टेकन पर हाथ रख खड़ी रहीं...खड़ी रहीं...

तपन पास आए। शॉल को हौले-से छू हाथ के अनुरोध से बिठा दिया और गाढ़े स्वर में कहा, "जो कष्ट हो, मुझसे तो कहें..."

सहमी-सी वह रोती रहीं–रोती रहीं...विवश-से तपन मुँदे सिर पर बालों की अँधियारी छाँह तकते रहे, फिर बहुत सगे कंठ से पूछा–

"कुछ लेना चाहेंगी–चाय...कॉफी..."

वह कुछ बोलीं नहीं–भर-भर रोती रहीं।

तपन कुछ कहने को हुए–पास झुके बालों को छूते-छूते ठिठक गए। क्षण-भर खड़े-खड़े देखा, फिर जतन से शॉल ओढ़ा, बाहर हो गए...

वह पहली बार हँसीं कि धूप में नहाई, दार्जिलिंग की चारों दिशाएँ हँस आईं।

सेंट पाल की सीढ़ियों पर खड़े-खड़े शॉल उतार हाथ में ले लिया और तपन की ओर देख मुस्करा दीं।

कपड़ा बिछा बैठने की जगह की। बास्केट खोल सेंडविच निकाले और आग्रह किया, ''लीजिए...''

सेंडविच उठा वह अपनापे से उनकी ओर ताकती रहीं।

''थकी होंगी...''

सिर हिला दिया, ''नहीं तो।''

कौतुक-भरी चंचल दृष्टि से देखते रहे। चाहा कि पूछें, दार्जिलिंग में क्यों अकेली हैं–क्यों रोती रहती हैं, पर इतना ही पूछा, ''यहाँ कब तक रुकेंगी ?''

अनिश्चय से सिर हिला वह छोटी-सी हँसी हँस दीं।

''सो तो नहीं जानती हूँ...''

भोलेपन पर तपन निहाल हुए।

थरमस में से कॉफ़ी उँडेल जया की ओर बढ़ा दी और हँसकर कहा—

"रोना ही जानती हैं—क्यों न !"

"रोने में तो कुछ भी जानना नहीं होता।"

उत्तर में तपन ने झुककर दोनों हाथ चूम लिए।

आँखें न नत हुईं, न मुख पर कोई विस्मय झलका। बाँहों के सेतु पार से अनझपी दीठ उसी तरह मुस्कराती रहीं।

कल्पना से तपन कई बार अपरिचित वह घर देखते रहे जहाँ से रूठकर वह यहाँ आई होंगी—कई बार अदेखा वह मुख देखते रहे जिससे मान किए वह इस क्षण यहाँ बैठी हैं।

संझाती धूप में रसी-बसी वह ऐसे बैठी रहीं कि जलपहाड़ पर सचमुच मोहित हो आई हों। दूर नीचे दिखते दार्जिलिंग को निहारकर बोलीं—

"यह जलपहाड़ तो आकाश की ओर जाती राह का अन्तिम पड़ाव लगता है..."

सुनकर तपन ने खिले-खिले पूछा, "और यहाँ बैठे हम..."

बालों को हाथ से छू वह मानो अपने से कुछ कहती रहीं, फिर लम्बी साँस ले बोलीं, "हम तो इस प्लेटफार्म पर बैठे अपनी-अपनी गाड़ी की बाट जोहते हैं।"

वही पुराना उदास स्वर।

छाँह का पूर-पूर साँझ पश्चिम की लौ जा बनी। सेंट पाल का क्रॉस सुनहले में झिलमिला आकाश पर जा टँका और हवाओं के संग घिर-घिर आता अँधियारा धरती पर आ बिखरा।

किसी अदेखे अमंगल से घिरे तपन कुछ भी जान नहीं पाए। क्या कहें, कैसे कहें। फिर भरसक अपने को समझा, घड़ी देखी और संकोच-भरे स्वर में कहा–

"देर हुई–अब लौटना होगा।"

और उठकर हाथ बढ़ा दिया, "आइए।"

वह उठीं। उठकर हाथ लौटाया नहीं।

खड़े-खड़े जाने कैसी-सी आँखों से उनका सामना किए रहीं, तब झुकीं और उनसे आ लगीं।

उस रात तपन सोए नहीं। सोते तो लगता—जगते हैं; जगते तो लगता, सोते हैं। बार-बार कोई आकुल गलबहियाँ उनके पास घिरी आतीं, उनके साथ लगी आतीं।

सुबह नींद खुली तो देर तक सिरहाने पर सिर डाले बैठे रहे। तन-मन पर छाई कोई काँपती सिहरन रह-रह सहलाती, सुख देती और कम्बल से लिपटी बाँहों में घुल-मिल जाती।

चाय आई जान उठे तो आँखों में समूचा कमरा नया हो आया। जान पड़ा, रात किसी मीठे निमन्त्रण में बिता अभी-अभी घर लौटे हों।

हाथ बढ़ा खिड़की का पर्दा खींच लिया और चाय पीते-पीते बरखा धुले पहाड़ों को देखते रहे। आशीर्वाद-सी भर-भर बरसती धूप काँच में से लहराती कमरे के बीचोबीच आ बिछी।

मुग्ध-से उठ सोफे पर आ लेटे और मुख पर पेपर

की ओट किए जितनी बार कल की बात सोचते, उतनी बार अधरों पर खिलती हँसी मन-प्राण में घुल-मिल जाती।

बैरा ने बिस्तर बना बेडकवर डाला, फूल बदले और गुसल तैयार कर खिड़कियाँ खोल दीं।

सुहाते गरम पानी से स्नान कर गुसल से निकले–कपड़े बदलने को हुए, फिर आलस से सोफे पर लेट गए और आँखों में जलपहाड़वाली छवि देख-देख मग्न होते रहे।

''हुज़ूर, एक बजा चाहता है, लंच के लिए तैयार हों।''

वह किस रंग में होंगी–किस साड़ी में...

तैयार हो बाहर आए। डाइनिंग-हॉल की ओर बढ़े तो गमलों के पास वह उन्हें नीली साड़ी और पीले कार्डीगन में दीख पड़ीं। सरककर पास जा पहुँचे। अभिवादन के उत्तर में विहँसती वह चितवन देखते रहे जो रात-भर बार-बार याद आती रही। दार्ज़िलिंग की चारों दिशाओं में छाया यही सलोना-साँवरा मुख।

खाने को सामने बैठीं वह उन्हें और भी सुन्दर, और भी मीठी जान पड़ीं। लगा, रात-ही-रात किसी उजियारी झील में नहा आई हों। उन्हें एकटक निहारते देख जया सलज्ज हँसीं कि कहती हों–

'आज ही में क्या सबकुछ पहचान लेंगे ?...'

लंच के बाद संग-संग बाहर आए। वह कुछ कहने को हुईं...रुकीं, फिर बोलीं–

''अब आज्ञा दीजिए। बाहर जाती हूँ–लौटकर मिलूँगी।''

कुछ कहने को तपन पहले झिझके, फिर सामना

किए रहे और अधिकार-भरे कंठ से कहा, “मुझे कहे बिना तो जाना नहीं होगा।”

जया ऐसे हँसीं कि तपन से बहुत बड़ी हों।

“इतनी देख-रेख कब तक किया करेंगे ?”

“जब तक झुठला नहीं जाएँगी...तभी तक।”

जया से कोई उत्तर नहीं बन पाया। खड़ी रहीं, फिर बरामदा पार कर धूप में जा बैठीं।

छतरी तले पास बैठे तपन को देखा तो धूप के दर्पण में समूचा आकार उजागर हो आया। गौरवर्ण, ऊँचा ललाट...

उमड़कर उनकी कुर्सी की बाँही छू दी और आग्रह से पूछा–

“घूमने चलेंगे...?”

अपनों के-से स्वर में पूछा, “कहाँ जाना चाहेंगी ?”

बार्च-हिल, बॉटानिकल-हैपीवैली...

वह मन-ही-मन कोई दूसरा नाम टटोलती रहीं, तब आग्रह से कहा–

“सिंगरापोंग चल सकेंगे...?”

पास झुक तपन जाने कैसे अनुराग से देखते रहे, फिर पूछताछ के लिए डेस्क की ओर खो गए।

जया बैठी-बैठी उनके उजरे रंग की झलक देखती रहीं कि आँखों पर कहीं से श्यामल घटा घिर आई और साँवला-सलोना चेहरा पास झुक आया–

“जया ! जया !!”

वही कंठ...वही स्वर...

तपन लौटे।

“सिंगरापोंग बहुत नीचे है, लौटती बार कड़ी चढ़ाई

है—चढ़ सकेंगी ?''

वह खिलखिलाकर उठ बैठीं।

''न सकी तो वहीं रह जाऊँगी।''

उजागर हो-हो आती वह दुपहरी नहीं थी, धूप में खिलखिल आता आकाश का कोई स्वप्न था। आकाश की चूनर रह-रह पहाड़ों पर लहरती। पतली बल खाती राहें दो जोड़ी पाँव से लिपट-लिपट जातीं और दूर बैठी सयानी सखी-सी कंचनजंगा हर मोड़ से, हर ठौर से मुस्करा जाती।

झुरमुटों-भरी बॉटानिकल की राह पर जया और तपन नीचे उतरते चले। ऊँचे घने पेड़ों तले बिछी मखमली कालीन पर बेल-बूटों से कढ़े रंग-बिरंगे फूल !

काँचघर के सामने पहुँच दोनों मुग्ध-से देखते रहे। किसी ठिठक गए स्वप्न में आकाशपरी के बसेरे-सा चमचमाता काँचघर और कतारों में सजे-बने फूलों के खिले-खिले मुखड़े।

धूप की बरखा में सरस तपन बोले, ''सच, कभी इस जगह अपना घर हो तो...''

चाव-भरा यह कंठ सुन जया सिर हिला हँसीं।

"चाहना जो इतनी सुन्दर हो, वह पूरी तो नहीं ही होती," सुनकर तपन सहसा सहम गए। कहने को कुछ ढूँढ़ते रहे, ढूँढ़ते रहे, फिर हौले से कंधा छू लिया।

"ऐसी उदास बातें क्यों कहती हैं, यह क्या मुझसे नहीं कहेंगी ?"

वह पहले चुपचाप खड़ी रहीं, फिर सँभलीं और विवश बोलीं–

"सभी क्या सभी-कुछ जान लेते हैं ?"

हाथ से अँजोर तपन ने बाल चूम लिए–

"राह चलते क्या सब कोई सबको पहचान लेते हैं ?"

पहरुओं-से खड़े राजबाड़ी के ऊँचे पेड़ों के पास हो नीचे उतरने लगे तो धूप-छाँह की आँखमिचौनी में पिछले व्यथा-सन्ताप सब भूल गए। दार्जिलिंग की लाल छतें पहाड़ की ओट होती रहीं और कलगी-सी बनी कंचनजंगा आँख-आँख चमकती रही।

जंगले पर हाथ दिए तपन ऊपर की ओर संकेत कर पूछते हैं–

"जानती हैं, कहाँ से चले थे ?"

वह नटखट-सी सिर हिला देती हैं।

"अपने होटल की छत पहचानती हैं ?"

"दार्जिलिंग पर तो एक ही आकाश की छत है। उसे भी पहचानना होगा !"

तपन आँखों में प्यार सँजो हँस देते हैं।

चायबागान की एकाकी बल खाती उतराई सिंगरापोंग की ओर उतर चली। जितनी बार मोड़ आता, पीछे छूट गए पहाड़ और ऊँचे होते जाते। दार्जिलिंग की लाल छतों

की थिगलियाँ। कभी धुपेले बादलों की छाँह हल्की होती, गहरी होती और पतली पगडंडी अजानी-अदेखी मंज़िल की ओर भागती चली जाती।

बड़े-बड़े डग भर तपन पास आते। जया और तेज़ दौड़तीं। तपन धीमे हो जया को आगे बढ़ने देते, फिर दौड़कर उनसे जा मिलते।

दूर-दूर फैले पहाड़ों के असीम सागर पर वह किसी नाव-सी तिरती चलीं। नीली साड़ी पर पीला कार्डीगन आकाश के टुकड़े पर धरती के फूल-सा जँचता रहा और चमचम बरसती धूप में जलपहाड़वाला सपना फिर-फिर साकार होता रहा।

हर मोड़ पर मुड़ जया हाथ हिलाती हैं और कूदती-फलाँगती नीचे की ओर दौड़ने लगती हैं। मन हो आता है, दौड़कर बाँहों में भर लें कि वह पगडंडी छोड़ पाथर की सँकरी पैड़ियों में खो जाती हैं।

जया को तेज़-तेज़ सीढ़ियाँ उलाँघते देख तपन भयभीत हो उठे। वह गिरेंगी...वह गिरेंगी...

दौड़कर उन तक पहुँच जाने को हुए, तब एकाएक उठे पाँव ठिठक गए।

खड़े-खड़े कुछ भी समझ नहीं पाए। इस निर्जन में वह कहाँ चले जाते हैं ! किसके पीछे दौड़े जाते हैं ! वह उनकी कौन हैं–उनकी कौन होती हैं–पूतूल–पूतू...

माला-सी बनी चपटे पत्थरों की पैड़ियाँ पार कर जया साँस लेने को रुकीं। पलटकर ऊपर देखा, तो हरियाले पर अंकित वह मुख कहीं भी दीखा नहीं। कुछ देर खड़ी-खड़ी उनके आने की राह ताकती रहीं, फिर उन्हीं सीढ़ियों ऊपर लौट चलीं।

पगडंडी के मोड़ पर पहुँचीं, तो राह किनारे घुटनों पर सिर झुकाए तपन बैठे थे। पाँव की आहट सुनकर भी तपन हिले नहीं। खड़े-खड़े पल नहीं, जुग बीत गए। चाहा, हाथ से छू कुछ कहें–पुकारें, पर झिझक से हाथ नहीं उठा।

तपन ने सिर उठाया तो सामने खड़ी जया को भयभीत टकटकी बाँधे देखते रहे।

वह पास आईं। स्नेह-सने स्वर में कहा–

"नीचे जाने का मन न हो तो यहीं से लौट चलें ?"

तपन कुछ बोले नहीं। बैठे-बैठे बाँहें फैला अपने से लगा लिया।

बाँहों से घिरी जया खड़ी रहीं कि तन-मन पर कोई पुरानी बीती लहर लौट आई–श्री...श्री...

रस में भीगी जया ने झुक अपने से लगा सिर सहला दिया और जाने कैसे कंठ से बोलीं, "याद जो सामने आ राह रोक ले, उसे अनसुनी कर आगे जाना अच्छा नहीं।"

अस्फुट स्वर में तपन ने सिर हिला दिया।

"क्या अच्छा है, क्या अच्छा नहीं–यही आज नहीं जानता।"

वह हाथों की अँजुरी में तपन के दोनों हाथ भर पास बैठ गईं जैसे कोई पुराना ऋण लौटाती हों और सगेपन से कहा–

"जो बीत गया सो ही अच्छा है, सो ही अपना है..."

"और जिसे बीत जाना है..."

सुनकर वह कुछ कहने जाती थीं कि सहसा आँखों

पर हाथ रख लिया और व्याकुल-सी भर्राए कंठ से यही दोहराती चलीं–

"जिसे सचमुच में ही बीत जाना है, आज वही दिन है–वही दिन है..."

इस बार तपन नहीं, तपन के सामने जया सिर झुकाए बैठी थीं और किसी अदीखते दर्द के आगे रह-रह सिर धुनती थीं।

चायबागान के बड़े साहब के बँगले तक पहुँचते-पहुँचते साँझ गहरा गई थी।

बाहर बरामदे में बैठे रौस सैलानी अतिथियों को देख आनन्दित हुए।

"इस एकान्त घर में आपका आना प्रीतिकर है, निश्चिन्त हो थकन उतारें।"

कृतज्ञ हो तपन ने धन्यवाद किया और चाय के लिए प्रार्थना की। रौस अतिथियों को ड्राइंगरूम में लिवा ले आए। खानसामा को चाय की आज्ञा दी और उनसे दार्जिलिंग-प्रवास की बात पूछते रहे। थकी-सी साँवरी जया ने जाने क्यों उन्हें अपनी बेटी एडना की याद दिला दी, वह साफ रंग नहीं, सीधे सुनहरे बाल नहीं—तब भी इस अपरिचित-अजान चेहरे में उन्हें अपनी ही बेटी का चेहरा दिखता है।

जया ने जूते निकाल पाँव कालीन पर रख लिए तो अँगुलियों पर पड़े छाले देख रौस दुखी हुए।

"लौटने को क्या घोड़े साथ हैं ?"

चिन्तित हो तपन ने इन्कार किया।

रौस घड़ी देखने लगे। पैदल राजबाड़ी पहुँचते रात हो आएगी और इतनी चढ़ाई यह इन पैरों से नहीं चढ़ पाएँगी।

फिर तनिक रुककर कहा–

"लौटना जरूरी न हो तो रात-भर यहीं रुकें..."

तपन निर्णय नहीं कर पाए, क्या कहें। असमंजस में जया से पूछा–

"चल सकेंगी ?"

जया ने सिर हिला दिया, "नहीं।"

तपन मानो अब भी इसे सहमति न समझे हों। फिर गम्भीर स्वर में पूछा–

"आज यहाँ रुकेंगी ?"

गृहस्वामी की ओर देख मीठे स्वर में बोलीं–

"ऐसे कृपा-भरे निमन्त्रण को क्यों लौटाऊँगी !"

उत्तर में रौस हँस पड़े।

उनके आग्रह की स्वीकृति-भर।

चाय ली। बारी-बारी से अन्दर जा मुँह धोया। नमक-धुले पानी में पाँव डाल थकन उतारी और ड्राइंगरूम में आ बैठे। दीवारों पर से झाँकते दो तरुण चेहरे बरबस आँखें अपनी ओर खींच लेते हैं। रौस खड़े भले से लगते हैं और कुर्सी पर बैठी उनकी संगिनी और भी सुन्दर, और भी आकर्षक।

जया रौस की ओर देखती हैं–समय है जो रौस के पुराने मुख पर बीत गया। समय है जो इस एक चित्र में, इस एक फ्रेम में ठिठका खड़ा है।

रौस मानो मन की बात भाँप गए हों। हँसकर कहा–

''एकसाथ मुझे देखेंगी–इसे देखेंगी तो कुछ भी पहचान नहीं पाएँगी।''

तब स्वयं ही बात बदलकर कहा–

''टहलना चाहेंगी ?''

क्यारियों में कटी फाँकों-सी पतली राहों बँगले के चारों ओर वे घूमते रहे। फाटक पर पहुँचे तो रेलिंग पर हाथ रख रौस बोले–

''यहाँ से देखें–सामने खड़ी कॉटेज सागर पर तैरते किसी पोत-सी दिखती है।''

खिड़कियों और दरवाजों से छन-छन आती बत्तियों की रोशनी में समूची कॉटेज सचमुच किसी जहाज-सी जान पड़ती थी।

जया मीलों फैली चाय की क्यारियों पर बिछे अँधियारे को तकती रही, फिर गम्भीर स्वर में कहा–

''इस एकान्त सुनसान में दूर-दूर फैला अँधेरा अँधेरे का सागर दिखता है।''

रौस बड़प्पन से हँस दिए।

''सच तो यह है कि ऐसा नहीं है। हाँ, मैं अपनी बेटी को याद कर अँधेरे में इन क्यारियों को सागर बना लेता हूँ और सोच-सोचकर याद करता रहता हूँ कि जहाज़ पर बैठी वह इस दिशा की ओर बढ़ी आ रही है।''

''इस दुलार से जिन्हें याद करते हैं, वह भाग्यशालिनी हैं।''

''बेचारे इस पिता को तो दूसरा कोई काम नहीं। जो आँखों में हमेशा छोटी-ही-छोटी लगती थी, वही बेटी अब ब्याह कर लौटेगी।''

पिता के वात्सल्य का सत्कार कर पूछा–

"नाम क्या है, जान सकती हूँ ?"

"एडना !" रौस नाम ले स्नेहित हुए।

"चंचल, नटखट ! अब कैसी लगती होगी, नहीं जानता। हाँ, आप-सी गम्भीर और सौम्य तो कभी नहीं।"

खाने पर दो मेहमानों में बैठे रौस कलकत्ता पहुँचती अपनी एडना और उसके अनजान पति की बात सोचते रहे। इसी मेज़ पर इसी तरह बैठे वह अपनी बेटी और दामाद के आने से अकेले नहीं रहेंगे और अकेले हो जाएँगे।

खाने के बाद रौस अतिथियों को कमरे दिखाने ले आए। गैलरी में आमने-सामने खुलते दो दरवाज़ों पर विदा ली।

"आपको रात सुखद हो।"

"आपको भी..."

मुड़ने को हुए कि जया का आग्रह-भरा स्वर सुन पड़ा–

"इस कमरे में एक प्याला कॉफ़ी के लिए प्रार्थना कर सकती हूँ ?"

रौस पहले अचम्भित हुए, तब तपन की ओर देख उत्साह से कहा–

"क्यों नहीं...क्यों नहीं...!"

खानसामा को बुला कॉफ़ी के लिए आज्ञा दी, हाथ से पर्दा उठाया–

"आइए।"

तपन ने अँगीठी के सामने कुर्सियाँ खींच दीं।

रौस हँसे। अपने ही घर में अतिथि हो रहा हूँ—अच्छा लगता है। जया अँगीठी के पास झुकी लकड़ी की डाँड से आग लहकाती रहीं। कॉफ़ी आई जान उठीं। प्यालों में उँडेल आगे की और कुर्सी पर बैठ पहली बार रात-भर के लिए अपने कमरे को निहारा। आग की कौंध में दिखा कि कमरे में सब है जो पूर्ण है, सम्पूर्ण है।

तपन की ओर मुड़ कहा—

"यह कमरा नहीं, कमरे का चित्र लगता है।"

गृहस्वामी चमत्कृत हुए। प्रशंसा-भरे स्वर में कहा—

"आप-सी ही आपकी कल्पना भी।"

तपन हँसे नहीं, न जया की ओर देखा। एक आँख रौस की ओर देखा और आँखें लौटा लीं।

गृहस्वामी बच्चों के-से इन तरुण अतिथियों को देखते रहे और इनके छोटे-छोटे मनमुटाव और झगड़ों की बात सोच मन-ही-मन हँसते रहे। कभी वह भी ऐसे ही थे; ऐसी ही जूली थी...

आज्ञा ले उठते हुए कहा—

"आप लोग थके हैं, आराम करें।" तब जया का धन्यवाद किया...

"एडना और आपमें कुछ भी समानता नहीं, फिर भी आपको देख ठीक उसी की याद आती है।"

जया सिर हिला मुस्करा-भर दीं।

दुविधा में तपन भी गृहस्वामी के संग उठ खड़े हुए। आशा किए रहे कि रुकने का कुछ संकेत देंगी, कुछ पूछ लेंगी, पर वह तो रात के लिए कामना करती थीं।

"रात सुखद हो..."

"और आपको भी।"

तपन कमरे में आए। सिर तले कुशन रख देर तक अधलेटे रहे। बार-बार सिगरेट सुलगाते और अँगुलियों में ही बुझ जाने देते।

घोर सुनसान से घिरी यह कॉटेज और कॉटेज का यह नितान्त अकेला कमरा। छत पर से झूलती बत्ती का शेड दीवारों पर हल्का-सा साया बिखराता है और अँगीठी में जलती सुनहली आग फर्श की सीध जगमगाती है।

अँगीठी के आगे बैठीं वह अब भी उसी डाँड से लकड़ियाँ हिलाती होंगी। मस्तक पर काले बालों की रात उसी तरह लहराती होंगी।

उठकर तपन द्वार की ओर बढ़े। पर्दा उठा गैलरी में आए। सामने के द्वार पर पर्दा वैसे ही झूलता था। वह खड़े रहे, खड़े रहे—चाहा कि हाथ से हल्की-सी थाप दें, पर कोई गहरी झिझक तन-मन में अटक गई।

लौट उसी खिड़की में आ खड़े हुए। बाहर देखा। दूर-दूर बिछा अँधेरा, अँधेरे पर जड़ा और अँधेरा, और काली स्याह वीरानी में साँय-साँय करती तीखी सर्द हवाएँ। हाहाकार करते सन्नाटे पर क्षण-क्षण फुंकारता कोई अदेखा भय रेंग-रेंग खिड़की की चौखट पर चढ़ता आया। खिड़की पर लगा पर्दा खींच दिया। फिर ठगे-से घबराए-से कई क्षण पलंग के पास खड़े रहे। तब गृहस्वामी का ढीला जोड़ा उठा कपड़े बदलने लगे।

बत्ती बुझाई। लेटे। सपने-सी दो आँखें कमरे में देर तक टिमटिमाती रहीं। जो राह चलते मिली थीं वह आज उन्हीं के संग इस अनजान घर में ठहरेंगी, यह कब सोचा

था। बॉटानिकल से नीचे उतरते ही कब जाना था कि मीलों नीचे हरियाली में छिपी इस कॉटेज तक पहुँच जाएँगे।

सहसा आँखों के आगे पूतूल के होस्टल का ऊँचा फाटक घूम गया। थकन ने नींद में बेखबर कर दिया तो धीमे हल्के पाँवों कोई पास आ खड़ा हुआ। जान लिया, वही पास चली आई हैं। हाथ से घेर पास कर लिया और प्यार से पुकारा—

''पूतू...पूतूल...!''

वह खिलखिला दीं। उनके माथे पर हाथ फेर बोलीं—

''मैं तो पूतूल नहीं...'' और हाथ छुड़ा अँधेरे में विलीन हो गईं।

उठ बैठे। हाथ फैला आसपास टटोला। यहीं थीं—यहीं थीं...

खिड़की का पर्दा खींच काँच में से बाहर देखा—वही पहले का-सा अँधेरा और अँधेरे पर अंकित वही मुख।

हारकर फिर सिरहाने पर सिर डाल दिया। आँखें मूँदीं कि छोटी-सी गूँज कान में काँप गई।

'तपन...! तपन..!'

'कौन पुकारता है ?...कौन ?' सहमकर उठ खड़े हुए। द्वार लाँघ गैलरी में आ खड़े हुए। अन्दर बत्ती जली है...

पर्दा उठाया। लैम्प की छाँह में तकिए पर सिर डाले वह ऐसे पड़ी थीं कि सोना चाहती न हों और बैठे-बैठे नींद में बेबस हो गई हों।

फिर वही स्वर सुन पड़ा।

वह पड़ी-पड़ी उनका नाम लेती हैं...

पास जा पूछा, “जगी हैं ?”

स्थिर पलकें हिली नहीं, केवल होंठ हिलते रहे।

“नहीं...नहीं...श्री, ऐसे नहीं...ऐसे नहीं...”

ऐसे विकल स्वर सुन तपन अकुला गए। व्यथा-भरे दुलार से एक बार फिर पूछा, “किसे पुकारती हैं ?”

वह मानो बेसुधी में ही यह स्वर सुनती हों। उमड़कर बाँहें फैला कहती चलीं, “श्री दा ऐसा नहीं करेंगे...ऐसा नहीं करेंगे...”

एक बार चाहा, हाथ से झकझोर जगा दें, फिर विमूढ़-से अपने कमरे को लौट गए।

भोर हुई। तपन ने आँखें खोलीं, फिर मूँद लीं। आज के बाद तो इस कमरे में जगेंगे नहीं। गई रात मन से निकल फिर आँखों में तैर गई...वह किसे पुकारती थीं ? श्री कौन है.. ? कौन है ?

कहीं से मीठे स्वर की लहर ने उस अधकच्ची नींद को हिला दिया।

"अन्दर आ सकती हूँ ?"

आँखें खोल तपन उठ बैठे। हाथ में ट्रे लिए वह द्वार पर खड़ी थीं। तपन अचरज से देखते रह गए। यह कमरा क्या उनके अपने घर का है और वह भी क्या इस घर की कुछ होती हैं ?

"आइए।"

ढेर-से ढीले बालों में कलवाली साड़ी और कार्डीगन में सुव्यवस्थित-सी पास आईं। मेज़ पर ट्रे रख पास खींच ली और प्यालों में चाय उँडेलने लगीं।

तपन तकिए पर कोहनी टेक अपलक उनकी ओर

तकते रहे। लगा, नित्य ही वह यहाँ बैठी हों, उनके लिए चाय बनती हो और नित्य ही वह यहाँ बैठे उन्हें निहारते हों। श्री...श्री...

जया ने प्याला आगे किया।

तपन हिले नहीं। प्याला लेने को भी हाथ बढ़ाया नहीं।

हौले से अधिकार-भरे स्वर में जया ने पूछा—

"कुछ भूल हुई ?"

तपन ने अब भी आँखें नहीं झपकाईं, केवल सिर-भर हिला दिया।

हाथ का प्याला नीचे रख जया टुकुर-टुकुर उनकी ओर देखती चलीं। तब एकाएक तपन की गम्भीर मौन दृष्टि के आगे अस्थिर हुईं। उठकर पास आईं और अपराधी के-से स्वर में कहा—

"मुझसे कुछ कहेंगे नहीं ?"

तपन अब भी कुछ बोले नहीं।

"राह चलते मिली हूँ, क्या इसी से कुछ नहीं कहेंगे ?"

चाहते रहे—रात की बात पूछ लें; जो उन्हें जानना चाहिए, वह जान लें; पर होंठों तक आ शब्द जुड़े नहीं।

तपन की आँखों में इस मौन उलझन को जैसे वह पहली बार पढ़ सकी हों। जया कुछ कहने जाती थीं, फिर हाथ से उनकी आँखें ढाँप दीं और देर तक उनके माथे पर मुख झुकाए बैठी रहीं।

धूप से उजियारे बरामदे में गृहस्वामी नाश्ते के लिए अतिथियों की प्रतीक्षा में बैठे हैं। ताज़े मेज़पोश पर लगा नाश्ता, मेवे और दूध-मक्खन। दो खिले-खिले चेहरे देख

रौस सुखी हुए।

"रात आराम कर सके ?"

विनम्र हो दोनों ने धन्यवाद दिया। काँच पर के महीन पर्दों में से धूप सहज-सहज बरामदे को गरमाने लगी। खानसामा के अभ्यस्त हाथ चुपचाप से सर्विस करते रहे।

नाश्ता समाप्त हुआ। रौस धूप लेने लगे। जया उठ खिड़की से बाहर देखने लगीं और तपन चौखट पर झुके जया को तकते रहे। आज के ये क्षण फिर लौटेंगे नहीं।

तपन उठना चाहते हैं, जाने के लिए गृहस्वामी से आज्ञा लेना चाहते हैं, पर जैसे इस बरामदे में ठिठकी सुबह उनके उठते ही बिखर जाएगी।

उठकर जया के पास आ खड़े हुए। कई क्षण तक चुपचाप देखते रहे, फिर हौले से कंधा छू दिया।

"अब हमें चलना है।"

धीर गति जया रौस के पास आईं और आदरपूर्वक झुककर कहा—

"आपकी कृपा कभी भूल नहीं सकूँगी।"

रौस ने उन भाव-भरी आँखों में बहुत-कुछ पढ़ा। लगा, वह किसी कठिन क्षण में अकेली ही जूझती हों।

रौस ने सयाने कंठ बहुत-सा आश्वासन दिया—

"कभी भी आने का मन हो, यहाँ का निमन्त्रण सदा आपके लिए !"

तपन ने कृतज्ञता जता हाथ आगे बढ़ा दिए।

"आप दोनों आनन्दित हों !"

"गुडबाई...गुडबाई...!"

मोड़ से पीछे मुड़कर देखा तो हरियाली में उगी कल्पना-सी कॉटेज धूप में उजराती थी और फाटक पर खड़े रौस किन्हीं छूटते क्षणों की तरह रह-रह हाथ हिलाते थे।

सिंगरापोंग, राजबाड़ी, राजबाड़ी का बाजार–सब पीछे छूट गए। विक्टोरिया फाल्स के छोटे-से छाँह-भरे पुल पर सुस्ताने को रुके। नीचे पत्थरों की ओल पर पड़ते पानी की बूँदें उड़-उड़ आती थीं। पास लगे केले के पात पानी की बौछार से काँप-काँप जाते थे।

जंगले के सहारे खड़े दोनों बड़े नामवाले विक्टोरिया फाल्स के छोटे दर्शनों पर हँसते रहे। तब नीचे बैठ जया ने तपन के हाथ से अपनी जूती ले ली। पाँव में डालते हुए कहा–

"जितने कोस इन्हें उठाए रहे हैं उतने जन्मों में भी इसका ऋण नहीं उतार पाऊँगी।"

तपन उलाहने से देखते रहे...

"जिसे अपना सौभाग्य मानता हूँ, उसे ऋण करके पुकारेंगी !"

"साख से परे जो हो, उससे उऋण तो नहीं ही..."

मुख उठा तपन की ओर देखा तो देखती रह गईं।

आँखों में जो था, वह शब्दों से परे था।

होटल पहुँच जया डेस्क पर रुकीं। डाक पूछी। पत्र हाथ में लिए तपन से आज्ञा माँगी।

"लंच के लिए न आ पाई तो जान लें, सिंगरापोंग की थकन उतारती हूँ।"

तपन ने आँखें नहीं लौटाईं।

"शाम को भी न दिखीं तो..."

वह अर्थ-भरी गम्भीर आँखों से उन्हें देखती रहीं...

"जब नहीं दीखूँगी, वह वाली शाम आज नहीं।"

तपन अपने कमरे में आए। गुसल लिया और लेटे-लेटे सुस्ताते रहे।

लंच के लिए तैयार होते न देख बैरा ने पूछ लिया...

"हुज़ूर, हुक्म करें तो लंच यहीं...?"

सिर हिला अनुमति दी।

नींद से उठे तो घड़ी चार बजाती थी। चाय ली, तैयार हुए और बाहर चले आए।

दूर से देखा—बरामदे में से ही वह काउंटर की ओर चली जाती थीं। पाटवाली साड़ी पर सफ़ेद शॉल था, और पीछे झूलती बालों की गूँथ थी।

तपन पास आ खड़े हुए। पहली बार उन सलोनी अँगुलियों में मोती जड़ी अँगूठी देखते रह गए।

वह तपन की ओर मुड़ीं और आग्रह से बोलीं—

"जाने से पहले एक बार सूर्योदय देखना चाहती हूँ—चल सकेंगे ?"

उत्तर में तपन ने रिसेप्शनिस्ट से लैंडरोवर के लिए तय कर लिया और जया को लांज की ओर लिवा चले।

वह बैठीं और हँस दीं।

"आपको तंग किया करती हूँ..."

"पूछनेवाला कोई होता नहीं हूँ, पर क्या जल्दी ही लौट जानेवाली हैं ?"

लगा, आँखें वे छलछलाई हैं। सँभलीं और सिर हिलाकर कहा—

"बुलावा आ जाने से तो जाए बिना होगा नहीं।"

"घर में कौन-कौन हैं..."

वह मुस्कराईं, "माँ है जिसने दूर पार की इस पराई लड़की को पाल-पोस इतना बड़ा कर दिया..."

मन का कौतूहल रोक गम्भीर हो पूछा—

"कोई और भी...?"

जया लम्बी अनझपी दृष्टि से तपन को देखती चलीं, तब सिर हिलाकर कहा—

"अब दूसरा तो कोई रहा नहीं..."

तपन इस क्षण में समूचे हार गए। जी हुआ–उठकर पास खींच लें और इस एकाकी उदास कंठ को चूमकर कहें–

'मैं तो हूँ...मैं तो हूँ...!'

सुनसान ठिठुरती रात में लैंडरोवर की गूँज होटल के मौन को कँपा गई तो तपन चौंककर नींद से उठ बैठे। चार। ड्राइवर को रुकने का संकेत दे भारी गरम कपड़े पहने। ओवरकोट ले जया के कमरे की ओर बढ़ गए। द्वार पर धीमी थाप दी—एक बार...दो बार। अन्दर की बत्ती जल उठी तो जान लिया, जगी हैं।

वह भारी कोट में बाहर आईं। सिर पर स्कार्फ था। बाँह का सहारा ले नीचे उतर चलीं। ड्राइवर ने सलाम किया और आगे का कपाट खोल दिया।

"हुजूर, ऊपर सर्दी होगी...मेम साहिब के लिए कम्बल रख लेना होगा..."

तपन सीढ़ियाँ उलाँघ गैलरी पार कर गए और कम्बल ले लौट आए।

"असुविधा हो तो पीछे बैठ सकूँगा..."

"नहीं, नहीं।"

ड्राइवर ने गाड़ी चौरस्ते पर उतार ली और लैंडरोवर

स्टेशन की ओर मोड़ ली। सड़क पर लगी बत्तियाँ रात को आँखों-सी टिमटिमा पीछे छूटती जाती हैं। माल... लोअरमाल...तारघर और स्टेशन का तिराहा।

स्टेशन पीछे ठिठका रह गया और गाड़ी की पतली लाइनों पर दौड़ती लैंडरोवर बताशिया-लूप की ओर भागने लगी। आकाश पर चमचमाते ढेरों-ढेरों तारे और उनकी ओर मुख उठाए पहाड़ों के काले साए पहियों के साथ-साथ लहराते चले।

बताशिया-लूप पार किया तो दार्जिलिंग का शहर पहाड़ों की ओट हो गया। लम्बी सड़क के मोड़ पर वह ऊँचा स्टेशन अँधेरे में लटकी बहुत बड़ी लालटेन-सा चमकने लगा। ड्राइवर ने गियर बदला और गाड़ी टाइगर हिल्स की ओर मोड़ ली। ऊँचाई से फरफराती ठंडी हवाएँ पास आ-आ कँपाने लगीं तो जया की ओर झुक ठीक से कम्बल ओढ़ाया तो मन-का-मन करुणा से भर आया।

रात-सी अकेली यह अपने अकेलेपन की सज़ा अपने को ही क्यों देती चली जाती हैं...

चक्करदार सँकरे घुमावोंवाली चढ़ाई पार कर ड्राइवर ने गाड़ी सिंह-शिखर की चोटी पर रोक दी।

पलटकर नीचे देखा तो पहाड़ के अँधेरे में सरकती अगणित लैंडरोवर की बत्तियाँ जुगनुओं-सी चमकती थीं।

"हुजूर ऊपर चलें, बाद में भीड़ हो जाएगी..."

खुले छत पर से चारों ओर देखा। जान पड़ा, धरती के ऊँचे बुर्ज़ पर, खड़े हो आकाश का महल निहारते हों। सितारों-जड़ी महल की मेहराब से अभी कौन झाँकेगा.. ? कौन झाँकेगा...?

नीचे हलचल हुई। हॉर्न गूँजे और सिंह-शिखर का

सूर्योदय देखनेवाली भीड़ का कोलाहल गहरा हो आया।

देखते-देखते धुँधले बादल पूरे पहाड़ पर छा गए। तारों-भरा आकाश छिपा, दिशाएँ छिपीं और पास-पास खड़े चेहरों के आकार भी छिप गए। सूर्योदय दिख सकेगा। शब्दों में बँधे अनुमान उसी धुँध पर तैरते रहे कि सहसा धुँध छँटी। और कई जोड़ी आँखें पूर्व दिशा में जा अटकीं।

अभी...अभी...तारों की लौ हल्की हो मानो मोतियों की लड़ी बन आई। सामने पूर्व में उजाले की लौ फूटी और किसी अदीखे हाथ ने पहाड़ों पर रोली छिड़क दी। दिन चढ़ गया...सूर्योदय हो गया।

रहे–

तपन ने बारी-बारी से दोनों पत्र उठाए–खोले नहीं, देखे-भर और रख दिए। पूतूल की तिरछी लिखावट और माँ के सधे-सधाए पके अक्षर।

समूचा कमरा बेजान-सा दीख पड़ा। केवल मेज़ पर पड़े दो पत्र दो जोड़ी आँखों की तरह उनकी ओर तकते रहे।

करने को कुछ न पा गुसल लिया। ड्रेसिंग-टेबल के सामने खड़े रहे, खड़े रहे, तब पलटे और मेज़ पर से माँ का पत्र उठा लिया। आशीर्वाद पढ़ जैसे सचमुच ही माँग की सुधि हो आई–'तपू, दार्जिलिंग जा अपनी पहुँच भी लिखी नहीं। माँ की चिन्ता का ध्यान कर चिट्ठी जल्दी दे देना...'

कई क्षण पत्र हाथ में लिए-लिए खड़े रहे। पास ही पूतूल के अक्षर जैसे प्रार्थना करते रहे–'मेरा पत्र नहीं पढ़ोगे, तपू...?' तपन सिर हिला जैसे अपने से ही कहते रहे हों–

'नहीं, पूतू, आज नहीं...'

सोफे पर बैठे-बैठे सुबह की बात याद करते रहे। सूर्योदय देख लेने पर आज क्यों आँखों में कोई रूप नहीं, रंग नहीं ? उस सुनहले आलोक-भरे भोर के बाद कैसी यह आभाहीन फीकी दुपहरी है !

आँखें मूँद जया का मुख अपनी ओर लौटाया तो भी कुछ दिखा नहीं। टाइगर-हिल्स पर छाई धुँध में राह टटोलती जया की दो बाँहें–

अपने को झँझोर उठ खड़े हुए। कपड़े बदले और बरामदे से हो जया के कमरे की ओर बढ़ गए।

द्वार पर हौले से आहट की–टक्...टक्। नौब घूमी, द्वार खुला और सलोनी बाँह ने सत्कार कर कहा, ''आइए।''

लाल ड्रेसिंग-गाउन पर प्रिय मुख उन्हें किसी संझाई उदास शाम-सा जान पड़ा। देखते रहे, देखते रहे। तब नीचे लटकती दोनों बाँहों को हाथों में भर लिया।

वह बिना हिले-डुले ऐसी खड़ी रहीं कि सचमुच की न हों।

तपन झुके और उस उदास माथे को अधरों से छू धीमे से कहा–

''किसी से रूठकर मन-ही-मन इतना दुख पाना अच्छा नहीं।''

वह जाने कैसी हँसीं।

लगा, कुछ कहना चाहती हों और कह न पाती हों।

स्नेह-भरे कंठ से पूछा–

''कुछ कहना है ?''

हौले से पूछा–

"सच-सच कहेंगे..."

तपन ने सिर हिला दिया। जया उनकी ओर देखती रहीं, तब रुक-रुककर पूछा–

"अब क्या अच्छी नहीं दिखती हूँ...?"

सहसा तपन कुछ कह नहीं पाए। समझे ही न हों कि क्या पूछती हैं। तब हाथ से मुख उठा आँखों में झाँककर कहा–

"जैसी लगती हैं, वह क्या सच में ही कह सकूँगा..."

वह पहले गम्भीर बनी तकती रहीं, तब खिलखिलाकर हँसने लगीं।

"कॉफ़ी के लिए चलेंगी ?"

"दूर नहीं...बस, लांज में।"

वह अन्दर गईं। लौटीं तो ज़री की पाटवाली गुलाबी साड़ी पर पशमीने का शॉल लिए थीं। सलोने मुख पर धुले-धुले रूखे बाल किन्हीं काली किरणों के जाल-से बिखरे थे।

लांज में बैठ कॉफ़ी के लिए ऑर्डर किया तो मेज़ पर हाथ फैला जया चौकन्नी-सी चहुँ ओर देखती रहीं। तब कुछ सोच पर्स खोला और छोटी-सी डायरी निकाल ली। कोई हिसाब देखती हैं, किसी का पता ढूँढ़ती हैं या कोई दिन-तारीख देखती हैं। तपन कुछ भी जान नहीं पाए।

कॉफ़ी आई जान पर्स की ज़िप खींच दी और मग्न-सी प्यालों में कॉफ़ी उँडेलने लगीं। तपन की ओर देख कुछ कहने को हुईं कि केतली से कॉफ़ी नीचे गिरती चली। तपन क्या कहते थे, सुना नहीं। उन्होंने हाथ से

केतली ले नीचे रख दी तो भी हाथ उसी मुद्रा में उसी तरह हवा में अटककर रह गया।

हाथ छू नीचे कर दिया और दुलार से कहा–

"किस सोच में खोई हैं ?"

वह सजग हुईं। कवर बदल बैरा ने ताजी कॉफ़ी ला दी थी। धन्यवाद कर प्यालों में चीनी डालने लगीं। फिर आँखें नीचे किए-किए ही कहा–

"कॉफ़ी तक बनाना भूल गई हूँ..."

लांज से उठ दोनों बाहर आए तो होटल की ढलती दुपहरी मौन हो आई थी। छतरियों की छाँह तले कुर्सियाँ सभी खाली थीं। हिली-मिली गले लगी सहेलियों-सी धूप-हवाएँ अठखेलियाँ करती थीं।

आज ही...आज ही तो...दूर से दीखा नहीं। अब भी क्या ऐसा ही मुख होगा...वही आँखें...वही मुस्कराहट। जया...अब कौन उसे दुलार से पुकारेगा...? अब जया नहीं...पराजया हो गई हूँ...

किसी ने पुराने सगे कंठ से पुकार कंधे पर हाथ रख दिया।

"जया !"

तपन...नहीं...नहीं...

घबराई-सी उसने सामने देखा तो तपन पास कुर्सी पर बैठे थे और अपने पर झुकी कोई दूसरी आकृति कंधे पर हाथ रखे थी।

वही स्वर...

मुख उठाया, देखा, आँखें मूँद लीं। श्री नहीं...यह श्री की छाया है...

श्री ने दुलार से पुकारा–

"नहीं पहचानतीं...!" कुछ भी उत्तर नहीं आया।

कुर्सी खींच पास बैठ गए और हाथ छू पूछा–

"मेरा पत्र मिला था ?" न 'हाँ', न 'ना', न आँखों की झपक। पत्थर की आँखों से सब देखा किया।

श्री चिन्तित हुए। स्वर में कोई पुराना दुलार भर कहा–

"माँ तो बेटी की चिन्ता में घुली जा रही हैं।"

फिर भी वह मौन।

याचना के स्वर में बोले–

"मुझसे अपराध हो जाने से...उसकी सज़ा क्या माँ को दोगी ?"

जया ने इस बार भी कुछ सुना नहीं।

"मुझसे राग करोगी–मैं झेलूँगा, पर माँ..."

विवश-से दो हाथ उठा जया ने आँखों पर रख लिए, तो अँगुली पर वही पुरानी मोती जड़ी अँगूठी दमक गई।

श्री खड़े रहे। चाहा, एक बार बाँह आगे कर जया का सिर सहला दें, पर बेबस-से तपन की ओर देखते रह गए।

श्री कमरे में लौटे तो एडना आराम में थी। बैठे-बैठे सिगरेट जलाई। छोड़ दी। फिर जलाई। आँखों पर रखे जया के विवश निरीह हाथ, सम्मोहन का एक तार—एक कड़ी कहीं दूर जा पड़ी।

स्नेह-सत्कार से जिसे बहुत-बहुत मानते रहे, उससे क्यों कर क्षमा पा सकेंगे। जानते थे—जानते थे—फिर भी—फिर भी सिरहाने पर बिखरे एडी के सुनहले बालों में जैसे कोई अनुराग का छोटा-सा सूरज चमकता हो।

सोचा था—सभी कुछ सोचा था—बार-बार सोचा था पर मोह-भरी बाढ़ तो सब बहा ले गई। असंख्य बार मन को रोका था—नहीं-नहीं, पर मन की आँखें, तन की बाँहें दोनों एक संग गलबहियों में जा घुलीं। न माँ का मुख याद रहा, न अपना वचन, न वचन से बँधी जया।

चार वर्ष पहले की साँझ याद हो आई।

श्री खिड़की के सामने खड़े थे। जया के आने की आहट पा मुड़े।

''एक बात कहोगी, जया...''

''पूछिए, श्री दा...''

''दूर चला जाऊँगा तो भी क्या याद करोगी ?''

जया मेज़ पर बिखरी किताबें सहेजती रहीं। श्री को पास आया जान आँखें ऊपर कीं और मीठे स्वर में कहा–

''आँखों से ओझल हो जाते ही कोई मन से भूल जाता होगा, श्री दा !''

श्री ढीले बालों की छाँह, चमकती दो आँखें देखते रहे।

जया हँसीं।

''कुछ और पूछना है, श्री दा ?''

श्री खिड़की से बाहर देखते रहे, फिर उलाहने के-से स्वर में कहा–

''मेरे लौटने तक तो किसी की घरनी न बन जाओगी ?''

जया ने इस बार न आँखें झुकाईं, न लौटाईं। तब पलकों से दो बूँदें टपक गईं।

हाथ से घेर श्री ने पास कर लिया और दीर्घकाल तक उस मीठे मुख पर आँखें गड़ाए रहे।

रात खाने पर श्री कुछ बोले नहीं। जया चुपचाप परसती रहीं और माँ बैठी-बैठी दोनों को निहारती रहीं।

हर दिन की तरह श्री ने लड़की को चिढ़ाया नहीं, खिजाया नहीं, तो हँसकर कहा–

''कानू, आज क्या फिर इस सिरफिरी ने लड़ाई की ?''

''इससे क्या लड़ता ही रहूँगा–अब तो यह बड़ी हुई।''

बेटे के कथन में कोई उलाहना-सा सुन पड़ा। कानू की ओर देखा, फिर सहज बुद्धि से सिर झुकाए बैठी लड़की पर आँखें गड़ा दीं।

रात माँ लड़की के कमरे में आईं तो बत्ती नहीं जली थी और अँधेरे में जया बिछौने पर औंधी पड़ी थी। हाथ से हिलाया। उठी नहीं तो लाड़ से तरेर कानू को आवाज़ दी।

''इधर तो आ, बेटा ! इस बेला रोना-धोना ! तेरे गए पीछे इस पगली का क्या करूँगी–तू ही बता !''

श्री माँ की ओर नहीं, जया की ओर तकते रहे।

''जाने से पहले इसका घर-वर ठीक कर जा कानू ! यह झंझट इस बुढ़िया के वश का नहीं।''

लड़की आँचल से रुलाई रोक ढिठाई से खड़ी-खड़ी देखती रही, तब आकर माँ की झोली में मुँह छिपा लिया।

रात सोने से पहले श्री माँ के पास आए। पैंताने बैठे माँ के पाँव छू लिए तो वह मन-ही-मन खुश हुईं।

श्री माँ को देखते रहे, तब अनुनय के स्वर में बोले–

''जो कहने जाता हूँ माँ, सो तो तुम पहले से ही जानती हो।''

माँ लेटी-लेटी उठ बैठीं।

''इस माथे में इतनी समझ कहाँ है, कानू...''

श्री कुछ कहने से पहले जैसे माँ का मन तौलते रहे, फिर अधिकार-भरे कंठ में कहा, ''बूआ माँ के ससुराल की इस दूर पार की लड़की को पाल-पोस बड़ा किया है तुमने, पर क्या इसी से इसे दूसरे घर ब्याह दोगी...''

बेटे ने मानो आधा युद्ध जीत लिया।

माँ घड़ी-भर लड़के को देखती रहीं, तब बोलीं–

"जिसे आँचल से लगाए रही हूँ, उसे कितना चाहती हूँ...यह तो कहना नहीं होगा, पर एक बात तो कह, यह बात तेरे मन में आई कब ?"

श्री इस बार डरे नहीं। अधिकारपूर्वक कहा–

"माँ, ऐसी बात क्या एक दिन में सोची जाती होगी..."

माँ जैसे जानती ही थीं कि बेटा यही कहेगा।

हँसीं। हँसती चलीं कि आशीर्वाद बरसाती हों।

"किसी दिन किसी दूसरी पर मन हो आने से..."

आश्वासन से उठ माँ का कंधा छू लिया और उलाहना दे कहा, "बेटे को इतना ही जानती हो, माँ !"

माँ काफी देर श्री को निहारती रहीं कि पराए लड़के को अपनी लड़की के लिए जाँचती हों। तब एकाएक आँखें झुका लीं। जिस मुख को पराई नज़र से देखती थीं, उसी पर कानू के बाबा की बरसों पुरानी छवि झिलमिला आई। क्या उन्होंने भी लड़की को बहू बना लेने की अनुमति दी ?

भोर हुई। घर-भर जगा तो झर-झर पानी बरसता था। काले-कजरारे बादलों की पाँत जैसे आँगन पर झुक आई थी। नहा-धो गृहिणी पूजा-पाठ में लगीं। बाहर आईं तो नित्य की भाँति लड़की ने झुक माँ को प्रणाम किया। आशीष दे माँ हँसीं, फिर झूठ-मूठ गुस्सा कर कहा—

"अभी नहाई-धोई नहीं !"

लड़की चुपचाप स्नान को चली गई।

स्नान कर निकली तो दासी ने सुनहरी पटवाली साड़ी निकाल दी।

"कहीं निमन्त्रण है क्या, चारु ?" चारु मुँह-ही-मुँह हँसी।

"सो तो पता नहीं, दीदी मोनी—माँ ने अपने घर में दादा बाबू की पुकार की है।"

चुन्नट डाल आँचल लहरा लिया और उड़ते-उड़ते दर्पण में छवि निहार माँ के घर की ओर बढ़ गई।

खाने के कमरे में झाँका तो नाश्ता नहीं लगा था।

"आज नाश्ता नहीं होगा माँ ?"

"इधर तो आ, खुकू..."

चौकी पर बैठी माँ कोई साध्वी-सी लगती थीं। लड़की को भर आँख देखती रहीं, फिर हँस लीं।

"सासरे के लोग देखने आएँगे तो क्या इसी तरह आँखें उठाए सामने देखती रहेगी ?"

पाँव जहाँ थे, वहीं रुके रहे। आँखें माँ पर जमी थीं, सो नीचे झुका लीं।

श्री अन्दर आए। माँ से पहले जया को देखा और देखते रह गए। मानो पहला परिचय हो, पहली भेंट हो।

माँ मन-ही-मन हँसीं। परिहास-से स्वर में लड़के से कहा–

"कानू, आज इस पगली के लिए वर रोक दूँ तो कैसा..."

तब छोटी-सी मखमली डिब्बे में मोती जड़ी अँगूठी निकाल बेटे के हाथ में दी।

"इसके सासरे की, बेटा !"

श्री उलट-पुलट अँगूठी देखते रहे, फिर माँ की ओर बढ़ा निर्दयता से कहा–

"इसकी दरकार नहीं, माँ...जहाँ से आई है, वहीं लौटा दो।"

"हुआ-हुआ, कानू–इसे मेरे पास तो आने दो। आ, बेटी ! देख खुकू, जिसने बचपन में ही धौल-धप्पे से तुम पर अपना अंकुश जमाया था, उसी ने आज तुम्हारे वर का नाम भी चुरा लिया है..."

जया के हाथ में अँगूठी पहना श्री ने झुक माँ के पाँव छू लिए।

आँचरा गले में डाल लड़की माँ के आगे झुकी तो आँखें डबडबा आईं।

''कानू, तेरे लिए लड़की को विदा देने के दुख से तो छुट्टी हो गई, पर सास बनने का मेरा एकमात्र अधिकार तो सदा को छिन गया। आप ही पाल-पोस अब यह बुढ़िया इस बहू को क्योंकर डाँट-डपट सकेगी–यही समझ में नहीं बैठता...''

और लड़की के सिर पर हाथ फेरती रहीं।

उस रात लेटे-लेटे पुरानी स्मृतियाँ आँखों के आगे भीड़ लगा खड़ी हो गईं।

एडना को बाँह से थामे जेटी पर उतरे थे तो पल-भर को हाथ काँपा और स्थिर हो गया। माँ आएगी—क्या जया आएगी और अन्य प्रिय बन्धु...पर भीड़ में से तो कोई भी दीखा नहीं।

नीचे उतर किनारे आए तो असंख्य पराए चेहरों में से कन्हाई काका का मुख दीख पड़ा। पुरानी आवाज़ ने पुकारा—

"काका !"

"छोटे बाबू !"

कन्हाई ने चाहा, आशीष दें। होंठ हिले, पर बोल नहीं निकले।

"प्रणाम करता हूँ, काका !"

सिर हिला कन्हाई ने आँखें झुका लीं।

छोटे बाबू का सहारा लिए पतली-ऊँची एड़ी पर

खट-खट चलती बिदेसन-सी दीखती को दबी-दबी नज़र देख लिया।

"माँ कैसी हैं, काका...और अन्य प्रियजन...?"

"सभी ठीक हैं, छोटे बाबू !"

कपाट खोला। कार में वह बैठीं। छोटे बाबू बैठे और हाथ पकड़े उनका आदर-सत्कार करते रहे।

चार साल बाद घर की पुरानी गाड़ी और चिरपरिचित पुरानी सड़कें। हुगली के किनारे घाट—ईडन गार्डन। गाड़ी घर की ओर नहीं, डलहौज़ी की ओर मुड़ी तो पूछा—

"घर की ओर नहीं जाते हो, काका...?"

कन्हाई ने गला साफ़ किया।

"माँ की ऐसी ही आज्ञा है, छोटे बाबू !"

माँ की उपेक्षा जान जी सहम गया। बरसों बाद घर आने का चाव किसी भारी बोझ तले जा दबा। एडना के संग माँ ने घर जाने की अनुमति नहीं दी। सोच-सोच जाने कैसी-सी उदासी में जी धड़कने लगा।

कन्हाई ने कार ग्रेट ईस्टर्न के सामने रोक दी। दरबान ने कपाट खोला। सलाम किया और कन्हाई के देखते-देखते छोटे बाबू मेम साहिब को सहारा दिए आँखों से ओझल हो गए।

गाड़ी साँझ तक खड़ी रही। कन्हाई साँझ तक बैठे रहे। छोटे बाबू ने न उनकी खोज-खबर ली, न कार की तलब की।

रात को छोटे बाबू नीचे उतरे तो नौ बज चुके थे। कन्हाई ने कार सँभाली तो पास बैठ श्री ने लम्बी साँस ली और धीमे से कहा—

"घर जाए बिना होगा नहीं, काका..."

जी में आया, कुछ बात कहें, फिर रुककर इतना ही कहा, "सो तो जाना ही होगा, छोटे बाबू !"

ज्यों-ज्यों घर पास आता चला, मन में जाने कैसी दुविधा उपजती रही। क्यों डरता हूँ–इतना क्यों डरता हूँ ? जब दूसरा और कुछ नहीं कर सका तभी तो...पत्र पढ़ लेने पर भी माँ क्षमा नहीं कर पाई और जया...

गाड़ी फाटक में से हो घर के आगे आ रुकी। बरामदे में न कोई नौकर-चाकर दिखे, न माँ, न जया...

बरामदा पार कर अन्दर आए और माँ के कमरे की ओर बढ़ गए। वही पुराना कमरा। माँ के पास चारु के सिवाय कोई और नहीं। माँ क्या बीमार हैं ? जया कहाँ है ?

"माँ...!"

श्री ने झुककर माँ के पाँव छू लिए और सिरहाने आ कहा–

"क्या जी अच्छा नहीं है, माँ ?"

माँ ने सिर उठाया, आँखें खोलीं, फिर मूँद लीं।

"माँ कब से असुखी है चारु ?"

चारु पहले झिझकी, फिर हौसला कर कहा–

"आपकी चिट्ठी आने से ही, श्री दा !"

माँ पर झुके श्री अपलक माँ को देखते रहे, फिर कोई भी उत्तर न पा जया के कमरे की ओर बढ़ गए।

पर्दा उठा अन्दर आए। कमरे-भर का सामान क्यों सहेज दिया है ? पलंग है, बिछौना नहीं। ऊपर उठी मसहरी है, फर्श पर कालीन नहीं और कोने से लगे टेबल पर कैलेंडर की अबदली पुरानी तारीख।

"चारु, सामान क्या हुआ ?"

"यह सब तो दीदी माँ ही सहेज गई हैं।"

"दीदी कहाँ हैं ?"

"यहाँ तो नहीं हैं, श्री दा !"

श्री झुँझलाए।

"सो तो देखता हूँ चारु, पर कहाँ हैं, यह भी कहने को क्या माँ ने मना किया है ?"

"माँजी से ही पूछना होगा। छोटे बाबू, दीदी तो उसी दिन से घर में नहीं..."

श्री रोबीली चाल माँ के पास लौट आए और गुस्सा हो कहा–

"माँ, चार साल बाद देश लौटने पर क्या इसी तरह उपेक्षा की जाती होगी ?"

माँ उठीं और सिर हिला बोलीं–

"सच ही कहता है, कानू। जिस किसी को ब्याह कर ले आने से वह अभागी लड़की आज तेरी आरती नहीं उतार सकी, इसी लज्जा में तो मैं आज मरूँगी।"

फिर बड़े कंठ चारु को पुकारकर कहा–

"बत्ती बुझा दे, चारु ! आज जो आँखों को दीखता है, उसके दीखते रहने से ही यह प्राण निकलेगा।"

अपराधी बने श्री अँधेरे में माँ के सिरहाने खड़े रहे। साँस रोके चारु दीवार से लगी रही। न माँ बोलीं, न बेटा ही।

घड़ी ने दस बजाए तो चारु ने मिन्नत के-से स्वर में कहा, "माँजी, क्यों दादा बाबू के लिए कुछ परसना होगा ?"

माँ ने उत्तर नहीं दिया। रुलाई रोकने को आँचल मुँह के आगे कर लिया।

श्री माँ के पास आए और हाथ से छूकर कहा–

''जया कहाँ है, यह क्या मुझसे नहीं कहोगी, माँ ?''

माँ का मौन टूटा कि नदी बह आई। सिर हिला रो-रो बार-बार कहने लगीं–

''क्यों पूछता है ? यह मुझसे अब क्यों पूछता है ?''

हाथ बढ़ा माँ को चुप कराते रहे।

''लक्ष्मी इस घर से मुँह मोड़ गई, कानू; और जीते-जी मेरा मरण हो गया। अब वह लौटकर नहीं आएगी। कन्हाई कहता है, दार्जिलिंग की गाड़ी में बैठी तो व्यथा के मारे पहचान में न आती थी।''

जाने कितने दुःख-पश्चात्ताप से बेटे का कंठ भर आया। माँ से क्या कहें, कैसे कहें, कुछ भी समझ नहीं पाए। खड़े-खड़े कुछ देर तकते रहे, तब माँ के पास झुके और पाँव छू कहा, ''अब चलता हूँ माँ !''

माँ ने जैसे पहली बार जीवन में आग्रह किया–

''बिना जाए नहीं होगा, कानू ?''

श्री ठिठके। माँ के कथन को समझ फिर विवश-से बोले–

''नहीं, माँ।''

द्वार तक पहुँचे तो एक बार फिर माँ का भर्राया कंठ सुन पड़ा–

''कानू, क्या सच में ही उसे ब्याह कर लाया है ?''

श्री मुड़े, माँ की ओर देखा और गम्भीर स्वर में बोले–

''ऐसी बात कहने से कुछ दूसरा नहीं हो जाएगा, माँ !''

और पीठ मोड़ ली।

एडना स्कूल की चंचल लड़की-सी दौड़ पापा के गले जा लगी। रौस बेटी का माथा चूम मुख निहारते रहे, तब पहली बार वह नया चेहरा दिख पड़ा जिसे एकमात्र बेटी के निर्णय ने अजान अपरिचय से उठा एकदम पास खड़ा किया।

"पापा, श्री से मिलें...श्री, आप पापा हैं।"

श्री झुके, हाथ मिलाया। कुशल पूछी और सामना कर अपना अधिकार जता दिया।

रौस परीक्षक की दृष्टि से बेटी के चुनाव को जाँचते रहे, परखते रहे।

एडना ने पिता की नज़र भाँप मचलकर जैसे श्री की सिफारिश की–

"पापा !"

रौस हँस दिए। बेटी की ओर झुके। थपथपाया, मानो अपनी ओर से निश्चिन्त हो जाने का संकेत देते हों।

"पापा ! श्री के लिए जैसा लिखती थी, क्या वैसा ही आपने पाया ?"

रौस श्री की ओर देख लाड़ से हँस दिए।

"वैसा ही।"

एडना ने बहुत-बहुत सगी मुस्कान से श्री की ओर देख पूछा, "जैसा कहा करती थी क्या पापा वैसे ही नहीं ?"

गम्भीर मुख श्री मुस्करा दिए।

"वैसे ही।"

रौस मानो उस एक क्षण में जान गए हों कि जिस मुस्कान ने उनकी बेटी को जीत लिया होगा, वह उन्होंने देख ली है।

श्री ने सिगरेट भेंट की। लाइटर से जलाया तो अपनी बेटी पर समूचा अधिकार जमाए अपरिचित को देखते रहे। जिसकी दृष्टि नहीं, तन-मन में डूबी कोई अबूझी आसक्ति बार-बार एडना को अपनी ओर खींचती रही।

एकाएक बेटी के लिए रौस का स्नेहमय सम्बोधन सुन माँ का ध्यान हो आया। पर माँ नहीं, वह तो जया है जिसके लिए माँ रूठी हैं और जया...जया आज यहीं हैं। उनके पहचानने से पहचानती नहीं, उनके बोलने से बोलती नहीं...

जाने क्या सोच उठ बैठे। कुछ देर को रौस से क्षमा माँग ली और हौले से एडना का कंधा छू कहा–

"कुछ देर में लौटता हूँ।"

एडना पीछे से दूर तक श्री को निहारती रही, तब पिता की ओर मुड़ पूछा–

"पापा ! सच-सच कहेंगे—श्री को देख क्या निराशा हुई ?"

बेटी का चिन्तित स्वर सुन प्रशंसा से कहा—

"गम्भीर हैं, आकर्षक हैं और बड़े इंजीनियर हैं..."

एडना ने लाड़ से हाथ दे बीच में रोक दिया, "और पापा एडी को बहुत-बहुत चाहते हैं..."

रौस अनुराग से छलछलाती बेटी को निहारते रहे, फिर हँसकर कहा—

"क्या सचमुच में ही इतना बूढ़ा हो गया हूँ कि देखकर इतनी बात नहीं जानूँगा !"

"पापा...!"

श्री को कहाँ देखा, कहाँ मिलीं, कहाँ बार-बार मिलती रहीं, रौस मानो अन्तर की आँखों से सभी कुछ देखते रहे। वे समूचे एकान्त क्षण भी जिन्होंने एक-दूसरे को जीत लिया, बाँध लिया।

मुख उठा सामने देखा तो रौस चौंक पड़े। दो दिन पहले के उनके अतिथि चले आ रहे थे। उठकर चाव से उनका अभिवादन किया, अभिवादन लिया और एडना की ओर मुड़कर कहा—

"जया से मिलो, एडी ! मेरी बेटी एडना और तपन...?"

"आप कैसी हैं और आप !"

कॉफ़ी के लिए आग्रह कर पास ही बिठा लिया और हँसकर कहा—

"आप दोनों के लौट जाने पर सोचता रहा कि एक और दिन के लिए आपको रोक क्यों नहीं लिया !"

जया बारी-बारी से पिता-पुत्री दोनों की ओर देखती

रहीं, फिर रौस की ओर मुड़कर कहा–

"पिता का सौभाग्य कभी जाना नहीं। उस एक दिन में ही जान सकी थी कि यही वह स्नेह है जो कभी बीत नहीं जाता।"

तब एडना की ओर देखकर हँसी–

"आपके लिए आपके पापा का स्नेह देख मन-ही-मन आपसे ईर्ष्या कर आई थी।"

एडना लाड़ से पिता की ओर तकती रही और रौस मन में अंकित हो गई इस भावुक लड़की के मुख पर आँखें गड़ाए रहे।

तपन और एडना ने एक संग सामने से आते श्री को देखा। पास आए तो एडना ने परिचय दिया–

"मेरे पति।"

अभिवादन कर जया ने आँखें उठाईं तो अपलक-अझपक देखती रहीं, फिर तपन का सहारा ले उठीं और एडना की ओर हाथ बढ़ा दिया।

"मिलकर खुशी हुई, अब आज्ञा दीजिए।"

व्यस्त हो रौस कुछ कहने जाते थे कि तपन ने सिर झुका आँखों में ही उनसे कृपा माँग ली और जया को संग ले चले।

एडना और रौस संशय से दूर जाती दोनों परछाइयाँ देखते रहे। ओझल हो जाने पर सिर हिला बेटी से कहा—

"उस दिन भी देखा था पर समझ नहीं पाया हूँ कि दोनों एक दूसरे के क्या होते हैं। संग-संग होते हुए भी एक-दूसरे से दूर पराए..."

श्री एडना की ओर नहीं, रौस की ओर तकते रहे जैसे कुछ पूछना चाहते हों। फिर गम्भीर स्वर को सहज बनाकर कहा—

"एडी, जिसकी बात तुमसे किया करता था, यह वही पगली लड़की जया है जो माँ से रूठकर यहाँ चली आई है। ओह !"

एडना श्री की पुरानी माँ की बात सोच मुस्करा दी, जो बेटे का मनचाहा ब्याह कर लेने पर घर आने की आज्ञा नहीं दे पाई। वह ज़रूर लड़की से भी गुस्सा किए रहेंगी।

रौस हँसे नहीं। श्री की ओर देखते रहे। विश्वास न

आता हो कि क्या सचमुच में वही लड़की है जिसकी श्री बात करते हैं ! उनकी बेटी को जिसने ब्याहा है, वह उन्हीं की कुछ लगती है ! क्या अजाने में ही उनके घर पहुँच गई होगी...संशय और शंका से जी भर गया।

घड़ी देखी और आज्ञा के स्वर में बेटी से कहा–

''नीचे पहुँचने को अब चल देना होगा...''

आँखों-ही-आँखों में एडना मानो श्री से कुछ पूछती हों पर उस क्षण अलग से दीखते श्री किसी सोच में खोए थे।

एडना ने एक बार फिर आग्रह से देखा तो सिर हिला विवशता से बोले–

''एडी, आज मेरा जाना नहीं हो सकेगा, आप दोनों चलें...'' और सिर झुका सिगरेट जला ली।

पिता-पुत्री दोनों को चौरस्ते पर विदा दे श्री देर तक बेंच पर बैठे रहे। घोड़ों की टाप माल की ओर खो गई तो भी रौस का गम्भीर चेहरा और उस पर दो तीखी पारखी आँखें दीखती रहीं। एडना की राग-भरी आकृति आँखों के आगे आ-आ मचलती रही।

बैठे रहे। बैठे रहे। कैसा कड़वा बोझ है जो घर लौटते ही अपराध बन राह में आ खड़ा हुआ है ! एक बार माँ से प्रार्थना कर जया को स्वयं माँगा था। फिर एडना से ब्याह कर स्वयं सबकुछ झूठ कर लिया। जानते थे कि एक को पा सकने पर दूसरी से बिछुड़ जाएँगे। बचपन का संग छूटेगा, माँग कर लिया वचन टूटेगा...

धीमी चाल ऊपर आए। कमरा खोला तो एकबारगी एडना की अनुपस्थिति ने पाँवों को किसी असह्य विवशता से जकड़ लिया। शैया के पास खड़े-खड़े देर तक सोचते

रहे—क्योंकर वह माँ को समझा सकेंगे। कुछ हो आता है जिसके आगे वचन नहीं रहते, आग्रह नहीं रहते—कुछ नहीं रहता। बस—एक राग, एक प्यास।

जया के लिए माँ का दिया पत्र निकाल जेब में रख लिया।

खाने के लिए डाइनिंग-हॉल में आए तो आँखें अनजाने में ही जया को खोजती रहीं, पर न वह, न परछाईं से उनके संग-संग घूमते मित्र ही दिखाई दिए। याद नहीं पड़ता कभी वह चेहरा कलकत्ता में देखा हो। एकान्त अधिकार जमाए वह कौन होंगे ?

खाना ले बाहर आए। एक पाँव बरामदे की ओर बढ़े, फिर जाते-जाते रुके और बाहर अँधेरे में टहलने लगे। चारों ओर फैले पहाड़ों के अँधेरे में एक बार नहीं अनेक बार जया की चिर-परिचित आँखें टिमटिमाती रहीं। जया ...जया...! एडना से ब्याह कर ही लिया है तो क्या अपनी जया से कम स्नेह करने लगेंगे ?

पर माँ ने तो ज़िद पकड़ ली है।

'कहे देती हूँ कानू, घर की बहू जो थी—वही रहेगी। ले-देकर उस साहिबन को परे कर, नहीं तो जान ले, अन्न-जल ग्रहण किए बिना मैं ही अपनी जान दूँगी।'

कुछ सोच नहीं पाते—क्या करें, क्या कहें। शायद जया के लौट जाने पर माँ सँभलेंगी।

ऊपर आए। अपने कमरे की ओर मुख किया, फिर सहसा पलट बरामदे में से हो जया के कमरे की ओर बढ़ चले कि पुल पर के एक किनारे से दूसरे किनारे जाते हों।

हाथ से द्वार खटखटाया, नौब घुमाई।

"आ सकता हूँ ?"

जया का मीठा स्वर सुन पड़ा, "आइए।"

खुली खिड़की में खड़ी जया इधर मुड़ीं। पूरी आँखों से पहली बार श्री का सामना किया और हाथ से संकेत कर कहा, "बैठिए, श्री दा..."

मन-प्राण में पैठे संकोच में श्री मानो शब्द खोजते हों और पाते न हों। खुली उस निःसंकोच दृष्टि के सामने श्री चूके।

"मुझसे कुछ काम था, श्री दा..."

चाहा कहें, 'कैसी पराई बात करती हो, जया !' पर चुप रह गए।

"माँ ने तुरन्त घर लौट आने का आग्रह किया है..."

चिट्ठी हाथों में ले जया हँसीं। पत्र खोला, आँखें झुका पहला पन्ना पढ़ा—दूसरा, तब सिर हिला दिया...

"अब कहाँ लौटना होगा, श्री दा...!"

अपनी जया का ऐसा स्वर सुन जी भर आया। मन-ही-मन घिरकर कहा, "माँ ने कितना धिक्कारा है जया कि समझ ही नहीं पाता हूँ कि सचमुच मैं वही हूँ जो माँ को बहुत प्रिय था।"

जया कुछ भी बोलीं नहीं। गम्भीर मुख पर जड़ी दो अभियोग-भरी आँखों से एक बार श्री को देखा और दृष्टि लौटा ली।

वह कठिन मौन-मुद्रा देख श्री शब्द ढूँढ़ते रह गए, पर होंठ हिले नहीं।

बाहर द्वार पर आहट हुई। चौकन्ने हो जया ने सिर उठाया, खिंचे-खिंचे रूखे मुख पर जैसे कोई ढील तिर

आई। उमगकर कहा–

“चले आइए।”

तपन श्री को देख ठिठके।

“क्षमा करें...”

तब जया की ओर झुक कहा–

“फिर चला आऊँगा...”

द्वार की ओर पलटे कि पीछे से जया का मीठा स्वर सुन पड़ा, “आपके लौट जाने का तो कोई कारण नहीं...”

तपन ठिठके रह गए। एक बार जया को निहारा, एक बार श्री को, तब भी झिझक से पाँव उठे नहीं। जया उठ पास चली आई और मुग्ध-सी हँस दी। तब तपन को लिवा ले आने की मुद्रा में हौले से बाँह छूकर कहा–

“श्री दा ! माँ को लिख दें मेरा लौटना नहीं होगा।”

श्री अनजाने ही कठोर हो उठे। नितान्त अपरिचित तपन की बाँह पर जया का हाथ सह न सकने से उठ खड़े हुए और कठोरता से बोले–

“इतना अधिकार तो रखता हूँ कि पूछ सकूँ।”

जया ने आगे की बात नहीं सुनी। संकेत से टोक दिया–

“नहीं, श्री दा, नहीं...”

तब जाने क्या सोचा और नीचे झुक तपन के पाँव छू लिए।

“जो आज दुर्दिन में मेरे सबसे अपने हैं, उन्हीं का अनादर करेंगे, श्री दा...!”

श्री मानो बीच में ही रोक देना चाहते हों–

“जया !”

जया सिर हिलाती चलीं।

"नहीं श्री दा, कुछ भी सुनूँगी नहीं। मन में आ जाने से ही जिस-तिस का अपमान करते चलेंगे, यह अधिकार आपको किसने दिया, श्री दा ?"

करवट ले तपन ने आँखें खोल लीं। अँधेरे में चमकती घड़ी की सुइयाँ...साढ़े तीन। उठ बैठे। लगा, साँस घुट रही है। खिड़की खोली, पानी पिया, फिर लेट गए।

'श्री दा, आज जो मेरे सबसे अपने हैं, उन्हीं का अनादर करेंगे !'

बोल नहीं कि फूल हों।

तपन बार-बार कई बार रोनेवाली दुबली-पतली लड़की का ऐसा गर्वीला स्वर सुनते रहे। पाँवों पर झुके कृतज्ञता-भरे वे दो हाथ। इन्हीं पाँवों को छुआ था, इन्हीं को। ऐसे आदर का क्या सत्कार नहीं करेंगे ? सौ बार करेंगे। ऐसे चाहनेवाले को एक बार नहीं, सौ बार चाहेंगे। जया...जया...!

दिन चढ़े आँख खुली तो काँच में की धूप कम्बल पर अटक गई थी। इतनी देर...। घड़ी देखी...साढ़े तीन। हाथ से हिलाया, पर सुई हिली नहीं। चाबी उलटी-पलटी, कान से लगाया—हारकर कलाई से फीता खोल दिया।

उठे, शेव की, गुसल किया। कपड़े बदले और बाल बनाते देर तक अपने को दर्पण में देखते रहे। ऐसा कि पहले अपने को कभी देखा न हो। ऐसी राग-भरी लड़की का अधिकार श्री नहीं रख पाए। ऐसी प्यार-भरी लड़की का मान नहीं रख पाए।

बाहर आए और जया के कमरे के आगे से ही डाइनिंग-हॉल की ओर बढ़ गए। केवल उन्हीं की टेबल पर नाश्ता लगा था। जगने में सचमुच बहुत देर हुई।

हाथ खाने में लगे रहे, मन कहीं और। वह मिलेंगी, वह दुलरा देंगे। स्नेह से समझा देंगे—जो बीत गया वह बीत गया, अब उसकी सोच क्यों करती हैं...क्यों ?

नाश्ता ले बाहर आए। लॉन में झाँका। धूप में देखा। फिर डेक्स की ओर लौट आए। नम्बर नौ के आगे उदास शून्य भाव से ताली लटकती है। जान लिया, कमरे में नहीं हैं। पर कहाँ हैं ?...कहाँ होंगी...? कहाँ गई होंगी ?...लौटकर अनेक्सी के आसपास देखा—चौरस्ते पर उतरती सीढ़ियाँ एक-दूसरे से जुड़ी-जुड़ी मौन पड़ी हैं। कहाँ होंगी, किस ओर होंगी ?

ऑब्ज़रवेटरी की ओर ध्यान पड़ा और उसी ओर हो चले। ज़रूर वहीं बैठी होंगी। शायद हवाघर की उसी बेंच पर। जंगले की तार पर हाथ दिए चढ़ाई चढ़ने लगे। इस ओर पीठ होगी, नीचे लटकता साड़ी का पल्लू होगा और घुटनों पर पड़ा शॉल...

हवाघर की हरी छत दीखने लगी तो आँखें नीचे झुका लीं। पास पहुँच ही उनकी ओर देखेंगे, फिर बहुत प्यार से पुकारेंगे—

'जया !'

ऊपर आए। हवाघर की सभी बेंचें खाली थीं। लकड़ी की चौखटों पर लिखे असंख्य नाम और तिथियाँ काले-सफ़ेद अक्षरों में चमक रहे थे। जया और उनकी तरह और भी लोग एक-दूसरे के संग दार्जिलिंग में घूमते होंगे, याद में अपने-अपने नाम लिखते होंगे—पर क्या कभी भी किसी को बता सकेंगे...जया के संग वह कौन दिन कहाँ-कहाँ घूमते रहे ? वे दिन-तारीख क्या लकड़ी की इन चौखटों पर लिख सकेंगे...वे तो दूर-दूर मन में खुदे हैं।

चोटी पर पहुँच मन्दिर दीखा और हवा में लहराती ऊँची श्वेत पताकाएँ। इन्हीं में कहीं लुकी-छिपी लहराती एक साड़ी भी होगी।

चारों ओर घूम-फिर देखा। दक्खिन की ओर से नीचे उतरने लगे तो कई बार पीछे मुड़े। दौड़ती-भागती वह उसी उतराई पर उन्हें आ मिलेंगी।

सड़क के संग-संग पाँव चौरस्ते पर लौट आए तो कोने की बेंच पर पाँव टेक चौकन्ने हो चारों ओर देखते रहे। जहाँ भी हों, जहाँ भी गई हों—लंच के लिए तो लौटकर आएँगी ही।

एक...डेढ़...दो—वह नहीं लौटीं। शायद अपने कमरे में होंगी। ज़रूर होंगी।

सहसा आँखों के आगे सब साफ़ हो गया। वह कहीं और नहीं, श्री के साथ होंगी...होंगी...

जी से उठ कोई अनजानी घुटन गले में घिर आई। इतने घंटों तक जया को अपने पास...अपने साथ रखनेवाले श्री जया के कौन होते हैं ? कौन...?

झुंझलाकर होटल की ओर मुँह मोड़ लिया। ऊपर

आए। नौ नम्बर के सामने ताली उसी तरह लटकती थी।

लंच के लिए वह डाइनिंग-हॉल में नहीं हैं। होंगी—लंच के लिए नित्य की तरह आज भी देर से आएँगी। मन-ही-मन पुकारते रहे—जया ! जया ! बुझे मन कुछ खाया, कुछ छोड़ दिया।

बाहर आए तो दुपहरी में धूप क्यारियों पर ठिठक गई थी। कलवाली रंगीन छतरी तले जा बैठे। जहाँ से भी लौटेंगी, लौटकर यहीं आएँगी...

ऊँचे-ऊँचे पेड़ों पर हवा लहराती है, सरसराती है, तपन समूचे सिहरते हैं...हवा नहीं, जया का नरम कोमल हाथ उनके कंधे को छू सिहराता है। धूप हल्की हुई, दुपहर दूर हुई, तब भी वह लौटीं नहीं। प्रतीक्षा में व्याकुल मन को लगा कि जैसे आज-सा उदास और निराश दिन पहले कभी जाना ही न हो।

हारकर लांज में आ बैठे। कॉफ़ी के लिए ऑर्डर दिया। प्याला होंठों से छुआ तो घबराहट ने झकझोर दिया।

रात श्री से वह न लौटने की बात करती थीं—क्या लौट गईं होंगी ?

क्यों वह पहले स्टेशन नहीं चले गए ? दोनों गाड़ियाँ देख पाते...तीखे घूँट भर प्याला वहीं रख दिया। जल्दी-जल्दी नीचे उतरे, रिक्शा लिया और स्टेशन की ओर भाग चले।

एक के साथ एक लगी दुकानों की कतारें...आँखों को कुछ भी सूझा नहीं और मन में कोई काली आँधी उमड़ आई। गाड़ी जब भी छूटती हो, वह उनसे बिना मिले नहीं जा सकेंगी...नहीं जा पाएँगी।

स्टेशन पहुँचे तो प्लेटफार्म के आगे रेल की पटरियाँ उदास पड़ी थीं। रेलिंग पर हाथ रख खड़े रहे, फिर रिफ्रेशमेंट- रूम की सीढ़ियाँ चढ़ गए। क्यों नहीं ढूँढ़ सकेंगे...सकेंगे...

मेज़-कुर्सियाँ सब खाली थीं। नीचे उतरे, कुछ सोचा और स्टेशन मास्टर के कमरे में पहुँच प्रार्थना की–

"छूट गई गाड़ियों के रिज़र्वेशन चार्ट देख सकता हूँ ?"

स्टेशन मास्टर पल-भर तपन की ओर देखते रहे, तब प्रार्थना पर चार्ट आगे कर दिया। एक-एक कर सभी नाम पढ़े। फिर लम्बी साँस ले स्टेशन मास्टर को धन्यवाद दिया और होटल लौट आए। इस बार रुके नहीं। बिना संकोच-झिझक के रिसेप्शनिस्ट से जाकर पूछा–

"नौ नम्बर से क्या बाहर गई हैं ?"

"सुबह सात बजे निकली थीं..."

"मालूम है, कहाँ गई हैं ?"

रिसेप्शनिस्ट सहज बुद्धि मन-ही-मन कुछ सोचते रहे, फिर सिर हिला विवशता जता दी।

"नहीं कह सकूँगा...उन्हें नीचे उतरते देखा-भर था।"

बरामदे से हो तपन अपने कमरे की ओर आए तो पाँव उठते न थे। उदास-निराश मन मानता न था कि वह अपने कमरे में हैं और जया नहीं। जया को अकेले कहाँ जाना था...क्यों जाना था...

बुझे-बुझे हाथों अपने कमरे का द्वार खोला और जाने कैसे फीके मन निढाल हो सोफे पर जा गिरे। वह कमरे में नहीं...होटल में नहीं...श्री के साथ हैं तो कहाँ हैं–

में नहीं...होटल में नहीं...श्री के साथ हैं तो कहाँ हैं–बार्चहिल...बताशिया...जलपहाड़...?

उस दिन वहीं बैठी-बैठी हँसी थीं। मौन गम्भीर चेहरा एकाएक धूप-सा उमड़ आया था। ऐसी सुहानी लड़की का मूल्य जो नहीं पा सके–दिन-भर क्या उन्हीं के संग घूमती रही होंगी....क्या फिर से सिंगरापोंग गई होंगी...?

लेटे-लेटे जाने कितनी बार वह प्रिय मुख आँखों के सामने घिर आया। कितनी बार वे बाँहें इन बाँहों के पास, जैसे राग-भरी अनुराग-भरी गलबहियाँ हों...

आँख लगी तो देखा, लैंडरोवर के पास-पास बैठे वह टाइगर-हिल्स की ओर चले जा रहे हैं। रात है और नहीं है। ऊँचे आकाश पर दूध-सा उजाला है। चढ़ाई है। उतराई है। पर लैंडरोवर धरती पर नहीं, पानी की-सी नीली धार पर भागती है। जया पास बैठी कभी रोती हैं, कभी हँसती हैं, कभी हाथ से छू खिलखिलाकर कहती हैं...

"तपू !"

तपन हाथ में घेर बाँहों में भर लेते हैं और माथा सूँघकर कहते हैं–

"जया !"

बाँहें इस ओर घिर आती हैं और उनसे लिपट-लिपटकर एक बार नहीं, सौ बार...बार-बार पुकारती हैं–

"तपन ! तपन !! तपू ! ! !"

रात-भर काँपते हाथों मुँह उठा तपन कुछ कहते हैं कि उनकी बाँहों से छिटक वह पानी में कूद जाती हैं।

"जया...जया...!"

धड़कते जी काँपकर उठ बैठे। हाथ माथे की ओर गया तो गीला था। खट-खट...फिर वही आहट...

डगमगाते पाँव द्वार की ओर बढ़े और हाथ हैंडल पर रख दिया।

वहीं हैं...वहीं हैं...वही लौट आई हैं...

बेटी के संग रौस होटल पहुँचे तो एक नहीं, अनेक आँखें अर्थ-भरे विस्मय से पिता-पुत्री को देखती रहीं। हाथ से एडना को थामे रौस सिर नीचा किए श्री के कमरे की ओर बढ़ गए। द्वार खटखटाया, उत्तर न मिलने पर आशंकित हो अन्दर आए। घुटी-घुटी दीवारों से घिरा कमरा अशुभ कठघरे-सा लगा।

पलंग पर श्री बैठे हैं और खिड़की के सामने हाथों में मुँह छिपाए तपन।

रौस न श्री की ओर बढ़े, न तपन की ओर। खड़े-खड़े बस पत्थर हो गए और पराजित विलग आँखों से बेटी को देखा किए। एडना विमूढ़-सी पिता की ओर देखती रहीं, फिर कोई भी संकेत न पा श्री के पास जा खड़ी हुईं।

बाँह छू समूचे कंठ स्नेह भर पुकारा—

"श्री...!"

श्री ने सिर नहीं उठाया। झुंझलाकर हाथ से रोक दिया—

"नहीं।"

आहत आँखों से एडना ने पापा की ओर देखा। रौस एक बार फिर कोई आश्वासन नहीं दे पाए।

रुलाई रोक एडी कुछ देर खड़ी-खड़ी सोचती रहीं, फिर कुछ भी न समझ पा तपन के पास जा बैठीं।

धीमे स्वर में सहानुभूति जता भरे-भरे कंठ पूछा–

"कुछ भी ख़बर नहीं ?"

तपन सह नहीं पाए। बेबसी से सिर हिला आँखें एडना के मुख पर से लौटा लीं।

श्री पलंग की पाटी पर रोती-रोती आँखें रौस को देखते हैं, एडना को देखते हैं...पर किसी को पहचानते भी हैं, यह जान नहीं पड़ा।

फोन की घंटी बजी। सहमी-सी एडना ने श्री की ओर देखा। दीखा नहीं कि घंटी सुनते हों। उठीं, मेज़ पर से फोन उठा तपन के हाथ में दे दिया और भयभीत-सी तपन के मुख पर नज़र गड़ाए रहीं।

तपन कान लगाए टूटे लड़खड़ाते स्वर में पूछते हैं–

"कोई उम्मीद नहीं..."

सुनते ही श्री उठे कि जैसे सपने में चलते हों। विवर्ण मुख तपन के पास आ खड़े हुए। तपन ने फोन नीचे रख दिया। तब रक्तहीन रूखी आँखों से श्री की ओर तकते रहे, तकते रहे, फिर विक्षिप्त-से श्री को कंधों से झकझोर पागल-से बोले–

"तुम्हीं ने...तुम्हीं ने...!"

रौस पहली बार हिले। उठकर हाथ से श्री को अलग कर तपन को सोफे पर बिठा दिया। तपन विवश-से, हारे-से रौस की ओर देखते रहे, फिर अस्फुट स्वर में कहा–

“एक ही दिन चूका और खो दिया...”

रौस पूरी आँखों तपन का सामना नहीं कर सके, नहीं कर सके। अपनी ही बेटी अपराधी की नाईं आँखों के आगे घूमती और किसी कड़ी चोट-सी छाती में धँसती चली जाती।

न होता ऐसा अशुभ। उस एक रात उनके आश्रय में रह वह ज़रूर उनसे कुछ कहना चाहती होंगी। विदा लेती वह मुद्रा एक बार फिर आँखों के आगे घूम गई।

घंटी फिर बजी। हाथ बढ़ा फोन उठा लिया। इंस्पेक्टर बागची मिलने को...आँखों के सामने मानो एक क्षण में सब घट गया। चाहा, हाथ से ठेल एडना को कहीं इस कमरे से दूर छिपा दें कि बागची अन्दर आए। तेज़-तर्रार आँखों से सभी ओर नज़र मारी। पुरानी पहचान और नई जिज्ञासा से रौस के अभिवादन का उत्तर दिया और श्री को सम्बोधन कर कहा—

“मुझे दुख है, तिस्ता के गहरे पानी से उन्हें ढूँढ़ निकाला नहीं जा सका। जीप में जो सामान पड़ा है, आपको संग चल उसकी पहचान करनी होगी।”

द्वार की ओर चले तो रौस न बेटी की ओर बढ़े, न दामाद की ओर। सहारा दे तपन को बाहर लिवा ले चले। छोटी-सी भीड़ गाड़ी के पास जमा थी। अगली सीट पर एडना के संग बागची बैठे और पीछे तपन, रौस और श्री।

वही चौरस्ता...माल...बताशिया...घूम का तिरछा गहरा मोड़ और लैंडरोवर कालिंगपोंग की सड़क पर दौड़ने लगी। दूर-दूर हरियाली—हरियाली पर खम्भों से गड़े पेड़—पेड़ों के घने झुरमुट—दूर-दूर गहरे खड्डों में बिछी चाय की क्यारियाँ....पर श्री की आँखों को तो कुछ भी सूझता

नहीं। माँ ने बार-बार चेताया था—समझाया था—'तुमने वचन हारा है, कानू, मैंने नहीं। न तेरी जगह कोई दूसरा मेरा लड़का बनेगा, न उसकी जगह बहू। सौगन्ध है मेरी कि उसे लेकर न लौटो तो...'

सिर झुकाए तपन बाहर देखने लगे। पहाड़ों पर झूलती 'रोप वे' की तारों और तारों को समेटे लोहे की चरखरी। फाँसी की-सी दीखती यही कड़ियाँ होंगी जिन्हें देख-देखकर कल नीचे उतरी होंगी। एक बार एक क्षण को....एक पल को जो जान पाते...

सीधी उतराई पर लैंडरोवर कई सौ फुट नीचे उतर चली। तीन ओर पहाड़ों से घिरी तिस्ता और रणजीत का पानी उछलता-उबलता था। पानी का विक्षुब्ध वेग पछाड़ खा-खाकर हाहाकार करता था।

बागची ने हाथ से संकेत कर एडना से कहा—

"वह सामने जो पुल दिखता है...वहीं।"

ऊँचे पहाड़ी कगारों से टकरा-टकरा रणजीत का गहरा पानी ढेरों फेन उगलता है। तड़पती हहराती तिस्ता के भँवर लहरों से गले मिलते हैं...बिछड़ते हैं। दुर्भाग्य के-से अटे पुल पर लैंडरोवर आ रुकी तो कोई ठंडी निर्दयी सिहरन तन-मन को कँपा गई।

"कल शाम वह यहीं सामने—यहीं खड़ी थीं।"

साड़ी में लिपटी सलोनी देह पर वही साँवरा मुख चमकता था। कंधों पर जो पशमीने का शॉल ओढ़े थीं, वह उसी तरह अब भी लैंडरोवर में पड़ा है। इस तरह कि अभी आएँगी, कोहनी टेक क्षण-भर खड़ी रहेंगी, फिर हाथ बढ़ा उठा लेंगी। शॉल तले पर्स रखा है। इसे उठाएँगी, हवा में लहराते बालों की घनी छाँहवाला सिर झुका ज़िप खोलेंगी...

पर इस क्षण कहाँ छिपी हैं ? किस किनारे के झुरमुट में से ऊपर चढ़ी आएँगी ?

कल शाम यहीं खड़ी थीं। ग्रे रंग की साड़ी पर काला शॉल था और पुल की मुँडेर पर कोहनी टेके अपलक-अबूझ अपने में ही खोई नीचे देखती रही थीं।

सुबह कालिंगपोंग जाती इसी जगह रुकी थीं। ड्राइवर मन-ही-मन मेम साहिब की पारखी नज़र देख खुश होता रहा। जितना देखेंगी, उतना खुश होंगी। उतना इनाम मिलेगा।

दार्जिलिंग से आ-आ कितनी ही गाड़ियाँ पुल पार कर कालिंगपोंग की ओर ओझल हो गईं। ड्राइवर ने घड़ी देखी, फिर ध्यान बँटाने को कई बार हॉर्न बजाया। वह न चौंकीं, न मुँडेर पर से मुख उठाया तो पास जा अर्ज़ की–

''हुज़ूर, कालिंगपोंग पहुँचने में देर होगी।''

वह चुपचाप गाड़ी में आ बैठीं।

होटल पहुँच गाड़ी छोड़ी नहीं। डेस्क पर नाम-पता लिख कमरा देखा, फिर लंच ले घंटों कालिंगपोंग में घूमती रहीं। बाग़ में...बाज़ार में...चन्द्रलोक...तूरपीन...

चाय के लिए वापस होटल पहुँचीं तो गाड़ी का हिसाब चुका दिया। मनचाहा इनाम पा ड्राइवर ने सलाम किया...पीठ मोड़ी–गेट तक पहुँचा कि मिन्नत के-से स्वर में बैरे से कहा–

''ड्राइवर को रोक लो।''

सन्देह-भरी आँखों देख बैरा ने सिर हिला दिया।

ड्राइवर ने मुस्तैदी से पूछा–

''हुक्म, साहब !''

वह ड्राइवर के मुख पर कुछ पढ़ती रहीं। फिर निर्णय के-से स्वर में कहा–

"हमें लौटना है।"

होटल से निकल एक बार फिर बाज़ार में रुकीं। फल लिए, बिस्कुट, थरमस में पानी रखवाया और खुशी-खुशी दार्जिलिंग लौटने को फिर गाड़ी में जा बैठीं।

राह में दो-चार बार चाव-भरे पूछा–

"हम लोग कब तक दार्जिलिंग पहुँच जाएँगे ?"

"हुज़ूर, खाने से पहले।"

केले की कतारों में छिपे छोटे-छोटे पहाड़ी घर देखकर कहा–

"यहीं एक छोटा-सा घर होता तो..."

ड्राइवर ने आदरपूर्वक सिर हिलाया–

"हुज़ूर, चाहें तो कोई कोठी खरीद लें।"

वह हँसने लगीं।

पहाड़ी प्रपात तले बने पक्के मोड़ पर से लैंडरोवर नीचे उतरी तो वह चौकन्नी-सी इधर-उधर देखने लगीं। कोई गंध लेती हों कि पहचान सकती हों। तब कंधे का शॉल उतार सीट पर डाल दिया और मीठे स्वर में आज्ञा दी–

"मुझे यहाँ उतार गाड़ी उस किनारे रोक लो।"

ड्राइवर ने हुक्म बजाया। उन्हें इस किनारे उतार गाड़ी पुल के दूसरे छोर रोक दी।

वह धीमी-धीमी चाल से टहलती हुई उधर बढ़ीं– पारदर्शी आँखों से आगे-पीछे, ऊपर-नीचे सभी ओर देखती रहीं, फिर पुल की मुँडेर पर हाथ दे खड़ी हो गईं। खड़ी रहीं, खड़ी रहीं।

आसपास जुटे तीनों ओर के पहाड़ अँधियारे हो आए। नीचे नीले निथरे पर साँझ के रंग काँपने लगे और तेज़ घरघराते पानी पर अँधेरे की कड़ी लीक-सा बना तिस्ता का पुल ढिठाई से पाँवों तले बिछा रहा।

गंगटोक-मेल गुज़र गई तो चिन्ता से ड्राइवर उतावला हो आया। लौट चलने की पुकार करती हॉर्न की गूँज एक किनारे से दूसरे किनारे तक फैल गई। वह तब भी हिली नहीं तो हारकर ड्राइवर पास चला आया। पाँव की आहट की, फिर आजिज़ हो कहा–

"देर होती है, अब लौटिए... ।"

वह पलटीं। दोहरे अँधेरे में ड्राइवर का मुख निहार पाँव उठा लिया। फिर जाने क्या सोच प्रार्थना के-से स्वर में कहा–

"एक प्याला चाय मिल सकेगी ?"

"हुज़ूर, आगे एक छोटी हाट है–आपके लायक तो नहीं...गाड़ी वहीं लिए चलता हूँ।"

सुनकर ऐसे कि बहुत कष्ट हो, रुक-रुककर कहा–

"वहाँ तक नहीं जा सकूँगी, जी घबराता है।"

"हुज़ूर, लगातार पानी में न देखें–इसी से जी घिरता है।"

वह पुल के सुनसान में गाड़ी की ओर जाते ड्राइवर को देखती रहीं। आकृति अँधेरे में विलीन हो गई तो आँखों को दिखा–उनकी ओर पीठ किए दूर होता ड्राइवर नहीं, कोई और है–वह श्री हैं–श्री हैं...

मुँडेर पर टिकी बाँहों की ओट भरी और सिर झुका लिया। मन-ही-मन जैसे किसी की पदचाप सुनती हों–कोई पास आता है। उन्हीं हौले पाँवों–उन्हीं स्नेह-भरे

हाथों आगे बढ़—तपन हैं—वहीं चले आते हैं—

तिस्ता के भयावने एकान्त में खुली बडौरी आँखों साँस रोके राह तकती रहीं—नहीं सही कोई और, अपने तपन आएँगे...आएँगे और लहराते स्नेह से बुलाएँगे—जया ! जया !

जाने किस आवेश में काँपने लगीं। अँधियारे की जकड़ में प्राण छटपटाने लगे। गला भर आया—श्री...तपन...तपन...लैंडरोवर की लाइट पुल के उस पार से कौंधी कि मुँडेर पर कोई कपड़ा झिलमिलाया, एक प्राण दहला देनेवाली चीख—और सब समाप्त हो गया। सब शेष हो गया।

मौके पर खड़े सन्तरी से सामान निकलवा बागची ने एक-एक कर चीज़ों की शिनाख़्त की–

शॉल–पर्स–अटैची–पाँवों की बैलरीना–

अभी-अभी वह उन पाँवों चल पास आ खड़ी होंगी–तपन की ओर देखेंगी और उन्हीं नीर-भरी आँखों देखती चलेंगी, फिर मुस्कराकर कहेंगी–

जितने कोस आप उन्हें उठाए रहे हैं, उतने जन्मों में भी इसका ऋण लौटा नहीं पाऊँगी।

फटी-फटी आँखों तपन देखते रहे–देखते चले। जी हुआ, लपककर पाँव का जोड़ा बागची के निर्दयी हाथों से छीन लें कि आँखों के आगे धुँधलका-सा घिर आया। फिर अँधेरा उतरा। अन्दर-बाहर पत्थर हो आया कि जैसे स्वयं ही मर गए हों और तिस्ता के पुल पर पड़ी अपनी देह को पाँच जोड़ी आँखें घूरती चली जाती हों। आवाज़ देनी चाही पर कोई मूक टूटा स्वर कंठ में घरघराहट बन रह गया।

तब सहसा जैसे जी लिए हों। दो पागल हाथों ने बागची से जोड़ा खींच लिया और आँखों से लगाए देखते चले–

कितने पल–कितने वर्ष–कितने युग–

दर्दीले हाथों एक ओर से श्री ने सहारा दिया–एक ओर रैस ने जतन से सीट पर बिठा दिया तो श्री की डबडबाई आँखों में तपन के साथ जया का मुख एकाकार हो उठा।

राह किनारे कोई अपरिचित जन लौटती इस लैंडरोवर को शून्य भाव से देखते रहे। जिसकी साड़ी का टुकड़ा-भर ही बच सका, वह इन सबकी क्या होती होगी...क्या होती होगी...

ऊपर जाती सीधी चढ़ाई पीछे छूट गई। पहाड़ों की अँधियारी उदासी में सिर डाले चायबागान और उन पर घिर-घिर आते साँझ के राख-रंग साए। राह-किनारे बिछे काले पेड़ों की पाँत उन्हीं निराश बालों की छाँह-सी पहियों के संग-संग भागती गई, रात की निलाई आकाश के पानी पर काँपती रही और डूबते सूरज की अन्तिम लौ धरती और आकाश की देहरी फलाँग कहीं अज्ञात हो गई।

●●●